小説 まだ、牧場（まきば）はみどり

エフィー・L・ワイルダー
Effie Leland Wilder
堀川徹志 訳
Tetsushi Horikawa

文理閣

小説　まだ、牧場（まきば）はみどり　目次

第一章　日記をつけること……9
第二章　サ　ラ……32
第三章　アンジェラ……49
第四章　葛(くず)に占拠された家……67
第五章　アーサーのニュース……86
第六章　家主に会いに行く……95
第七章　ミス・ミーニャ……116
第八章　インディアン・サマー……131

第九章　心の友 …… 147
第十章　愛しの廃墟 …… 158
第十一章　お祝い …… 173
第十二章　熟　考 …… 188
第十三章　思い出を語る夕べ …… 206
第十四章　歓　迎 …… 228
作者紹介・訳者あとがき

お断り

登場人物はすべて想像によるものである。例外はアーサー・プリーストで、彼は実存する人物に近い。その人は快く、彼のキャラクターを使用することを了承してくれた。

作者

注

一、文中の（※……）は、訳者による注である。

二、文中の詩歌等の訳では、一部、他の訳者による訳語を引用あるいは参考としたものがある。なお、完全な引用部分に限って、訳者名を記させていただいた。

第一章

日記をつけること

十二月一日

もうじっとしてはいられない気持ちだった。今の食事仲間のオーガスタ、愛称ガスタが、自分の葬儀の際の会食は仕出し料理にしたいと、その理由を説明してくれたときにハタと気づいたのだ。そう、今暮らしている施設での生活の様子を書き記しておこう、と。でも、実際には「書き記す」とは言えない。私には手で書くよりも、タイプライターを使うほうが楽だから。

古くて頼れるロイヤル社製のポータブル・タイプライターは、すでに使えるように用意してあるから、ルーズリーフ式のノートを準備しよう。そしてテレビのクイズ番組『ジェパディー』が終わってから、九時の映画番組が始まるまでに書くことにしよう。今にして思えば、十四か月前、この施設に入った夜に書き始めることにして、あのときの第一印象を書き留めておけばよかった。でも、まあこれからだわ。

ガスタは私の食事仲間の一人だ。施設では八人の入所者がダイニング・ルームの同じテーブルで、二か月間、一緒に食事をすることになっている。二か月が経過すると、〈フルーツバスケット・ゲーム〉という一種の椅子取りゲームをする。だから来週になると、今の仲間とはテーブルを別にすることになるから、それはつらいけど、全員と別れがたいというのではない。特にこのオーガスタ・バートンなら、オサラバしてもまったく平気だ。

ガスタは愉快なこともあるけど、機関銃のようにおしゃべりだ。ほらを吹いたり、食べたり、不平を言ったりで、まったく口が休むことがない。不平の大半は義理の娘のイネスのことだ。ガスタが葬式後の会食を仕出しにしたい理由は、この義理の娘のせいらしい。

ガスタはこう宣言した。「息子に最後の指示書を書いたのよ。牧師はだれにするか、讃美歌は何番を歌うか、死装束はどうするか、だれに棺を担いでもらうか。何もかもね。それから、お昼の会食は仕出しにしてもらいたいって」

「何もかも思うようにしたいの?」と、仲間の一人が尋ねた。

「一切合財よ。食べ物も、余興もね。嫁にはツナ・キャセロールもミートパイも作らせたくないの。田舎料理で全然おいしくないんだから、参列してくれた人たちに失礼でしょう? それに料理をするとなったら、嫁はそれだけできっと疲れてしまう。そうなったら、私がこの世からいなくなった喜びも半減するでしょうからね」

これを聞いて眉をひそめた仲間もいたけど、ガスタのおしゃべりはまだまだ続いた。

「それはまあ、私がいなくなれば、嫁は大喜びですよ。嫁は義理の娘としては、まあまあだけど、きっと心の底では、私を厄介者だと思っているはずなの。厄介者があの世に行けば、清々するでしょうよ。天国に行こうが、地獄に落ちようがね」

ここでガスタは手にしているアイスクリームが溶けているのに気がついて、そっちに注意を向けた。それで、同じテーブルにいた私たちには、静かに考える時間がちょっとだけできた。葬儀で〈仕出し料理〉を頼むとか、〈最後の指示書〉を書くとか、そんなことを自分なりに考えてみる時間が。

私自身は、指示書なんてものは書いていない。でも、書いておくほうがいいのかもしれない。私は弔辞も望まないし、感傷的な讃美歌でみんなを泣かせたくないから。ガスタのくだらないおしゃべりにも、ときには〈なるほど〉と思わせるようなものもあるようだ。

十二月三日
今日は夕食が終わると、まっすぐ図書室に行った。ほどほどの内容の家庭雑誌を読むためだ。私が座ったソファーは、煉瓦造りのテラスに通じるドアの近くに置いてあった。天気がいいと、テラスでは入所者たちの憩う姿が見られる。今日はとても穏やかな日で、それに当然のことだが、エアコンは十二月のレベルで運転されていた。テラスには男性が二人座っていて、ドアがしっかり閉まっていなかったのか、小さな隙間から流れてくるエアコンの冷気が心地よかった。それに偶然だが、二人の会話を漏れ聞いて、楽しむことになった。二人の話題は、施設の敷地を低空で、しかも轟音を立てて飛びまわる飛行機のことだった。

「あの飛行機野郎たちは、ここに生えている大王松（だいおうまつ）の高さが分かっていないんじゃないかって思うことがあるよ。そのうちにぶつかって、ポキッと折ってしまうぜ」

カーティスはこう言ってから尋ねた。

「ポール、君は飛行機に乗ったことがあるのかい？」

「何度かね。そっちは？」

「一度だけ。本当に一度だけだ。乗りたくはなかったんだが、母親がジョージアに住んでいる親戚を訪問中に、向こうで重病になってしまってさ。急いで来てくれって電話がかかってきたんだ。だから、アトランタへ飛ばなきゃならなくなった。仕方なく飛行機に乗ったってわけさ。でも、ここだから言うけどな、ポール……」

「なんだよ……」

「おれ、アトランタに着くまで、ずっと腰を浮かしていたんだ！」

二人はこの会話で、少なくとも五分間は膝をたたいて大笑いしていた。次の話題は、施設住人の難癖屋ジニーバ・ティンケン女史に関する情報交換だった。

「あの女は怖いね、ポール。室内競技では、噂をまき散らすのが一番好きなようだ」

「そのとおりだよ。食事のテーブルが一緒だから、知ってるよ。おれ、昨晩なんか眠れなかったんだぜ。それで、あの女のことで詩を作ってみた。聞きたいかい？」

「もちろん、さ」

「じゃあ……」

やもめのティンケンさんよ
私ゃ　賢い　変わりもん
あんたは　臭い　嫌われもん

これを聞いて、カーティスは腹がよじれるほど笑った。私が〈これは、もう図書室を出たほうがいい〉と思ったのは、自分がクスクス笑う声が二人に聞こえてしまうのではないかと、心配になったからだ。

この日記の使い道の一つは、大学時代の友人ヘンリエッタ・グーディングからもらった手紙への返事になることだ。彼女はこの施設の入所希望者リストに載っているのだが、ついてはいろいろ不安なことがあると知らせてきた。だから、私が入っているこの施設のことを詳しく書いてくれと、頼んできたのだ。

彼女の手紙はこうだ。

ありのままを教えてね。まだお金は払っていないし、入所予定者のリストから外してもらってもいいの。いや、最後にまわしてもらってもいい。だって、一番に繰り上がるなんてことはないでしょうし……。

書き始めたこの日記に、ヘンリエッタへの返事も盛り込んでおくことにしよう。毎日、私は自分が売り払った物や、他人に譲ってしまった物を、〈しまった！　持っておくべきだった〉と後悔しているのだが、幸いにも、おんぼろのポータブル・タイプライターだけは手放さずに持っていた。

親愛なるレッタへ
お手紙、嬉しく読みました。入るかどうか決めかねていることも、その前に、入れるかどうかも分からないことも、申し込み者リストの順位が徐々に上がっていく悩みも、全部、よく理解できます。他人が死ぬのを待っているなんて、まったく残酷なことよね。私も電話で、リストの一番になったと聞かされたときは〈きっと墓場行きの人が何人もいたからでしょうが〉、大きなショックだったわ。座り込んで、大声を立てたいくらいだった。
すでに人生がいばらの茂みのようにつらくて、施設に入る申し込みをすませ、もう準備が整ったと思っていても、まだ牧草地に放たれる、つまり隠居するのに納得できない自分がいるのに急に気づいたの。〈まだ、入らないわよ。まあ、来年ね。いや、五年たったら〉という具合。でも、分かっていたことは、あまり先延ばしにすると、しまいには本当に入れなくなるってこと。この施設では、自分で服の着替えをして、歩いてダイニング・ルームに行かなきゃならないんですものね。
ここに入るときだって大変だった。四十五年も住んでいた家を閉じてしまうんだから、その精神的な苦痛は並大抵じゃなかったわ。どの引き出しを、どのクローゼットを掃除しても、夫のサムや子どもたちのことを思い出したの。屋根裏部屋では、もう完全に放心状態だった。

　でも、最後には行動を開始しなければならない。なんだか自分の生活も、家族の生活も、全部捨てさっているような気分だった。一番つらかったのは何だったと思う？書斎を出るときよ。ドアの裏側に子どもたちの身長がどれだけ伸びたか、記録してあったの。夫が子どもたちの頭に物差しを乗せて、その前の誕生日からどれだけ伸びたか、名前と一緒に書いていたのね。子どもたちはそれを自慢していたのだけど、きっと今はペンキを塗られて、見えなくなっているでしょうよ。ああ、悲しい。

　でも、いろいろなものを乗り越えて、今の私がある。そして、ある程度は満足している。完全ではないけど、まあ、ある程度はね。少なくとも子どもたちは、私がここにいるので安心しているし（ガードマンはいるし、看護師たちも常駐している）、母親を自分たちの家のどこに住ませるか、それで悩む必要がまったくない。もちろん、子どもたちもそれなりに考えてくれたでしょう。気持ちよく、ね。でも、それに甘えてよかったのかどうか。一緒に住むとなれば、孫は自分の部屋を明け渡すのを嫌がったかもしれないわね。

　あなたの手紙には、私がいろいろな印象を書き記して、それを送ってくれたら嬉しいって書いてあったわね。私、前から日記を書き始めようか、いや、小説（おそらく

『最終章』になるわね」を書こうかって思っていたの。でも、ずるずると今まで来てしまって。それで、あなたの手紙に発奮させられたってわけなの。できるだけ毎晩、何かを書くようにするわね。それを読んでから、ここの〈下見〉に来てちょうだい。

それはそうと、私にも手紙を書いてね。そうすればメールボックスの埃が払えるから。私のメールボックスは「全米退職者協会」「エド・マックマホン・ファンクラブ」「医療保健局」からの郵便物を受け取るだけにしては、大きすぎるわ。

手紙を書いてほしい理由は、これだけじゃありませんよ。あなたの手紙のスタイルが私は好きなの。ウイットに富んだ流ちょうな言葉遣いは、大学の文芸クラブでの活動を思い出させてくれる。覚えてる？ 最初のミーティングでは、私たち一年生は震えあがっていた。〈何か書いたものを読め〉と言われてね。

傑作だったのはクラブの名前ね。一人の女学生が間違えて、食堂でこんな宣伝をしたことがあったわ。「今晩、図書館で〈珍芸クラブ〉の集会があります」って。私、耳の穴をほじったわ。「珍芸クラブ？ まさか？ それも図書館で？」

いつものことだけど、ここで話題を変えるわね。施設にはいい人が大勢いる。でも、この人たちのことを書くのは大変。変人に比べれば、みんなおとなしいですからね。だから、私はもっぱら変人たちのことを書くことになるかも。そのほうが説明しやすいからよ。
施設について書き始めたメモのコピーを同封するけど、この〈ホーム、スイート・ホーム〉のことが十分に伝わらないかも。でも、また書いて送りますから。
デオ・ボレンテ（神の御心にかなえば）
愛を込めて、ハティーより

十二月七日

この施設で嬉しいのは、入所者がみんな同じ世代であるということだ。昔の芸能人の名前を出しても、みんなが知っているから、いちいち説明しなくてすむ。

先日のことだけど、「トム・クルーズ？　それって、だれ？」と、尋ねた女性がいた。最近評判の映画スターだと聞かされると、「へえー。あたしはジョウエル・マックリーのファンですよ」だって。私は「私も同じよ」って、指でオーケーサインを作ってあげた。ジョウエルは愛すべき俳優だった。容貌も、しゃべり方も、ふるまいも、本物の男だった。

入所者はだれもコンピュータの使い方を知らないから、少し恥ずかしい思いをしている。だって、私の一番幼い曾孫でも使えるんですから。でも、その代わり、詩を書く人がいる。クロスワードの新作を新聞社に売り込んだ女性もいる。フランス語会話のクラスの受講生は、どこでも「パルレ・ブ……」なんてやっている。

素敵なセーターを編む女、かぎ針を使って複雑な美しい模様の高級服を編む女、そんな特技の持ち主が大勢いる。ある女なんか、自分が着る服を、何もかも自分で作る。それも、機織りからだ！　離れタイプのコテッジに住んでいるけれども、二つ目の寝室を〈機織り専用部屋〉に変えてしまった。糸を編んで、とっても柔らかい生地を作り、それを素敵なスカートやドレスに仕立てている。あの仕事は忍耐も必要だし、細心の注意と技術が必要。若い人にはできないことじゃないかと思う。

小さなキッチンから、ちょっとした物も生産されている。アーティチョークの甘酢漬け、オレンジのマーマレード、ブルーベリーのジャム、等々。だから、みんながみんなロッキングチェアに座り込んで、医療保険の世話になっているわけではない。

それに、みんなが同じ思い出を持っているわけでもない。実際の年齢よりも老けて見える人がいるのは、記憶している自分の親の姿をそのまま受け継いでいるからだ。昔は、子どもたちは親にしかられるのが怖くて、おとなしくテーブルに座っていたものだ。家を訪ねてくる叔母や伯父、あるいは祖父や祖母の話を、いつまでも黙って聞いているしかなかった。

私にとって、従妹のブー・スターレットが来てくれるのは楽しみだった。彼女がどんな話をしても、じっと聞いていることができた。その理由は、どこかで言葉を言い間違えるだろうと思っていたからだ。十二歳のころ、母から聞いたことがあった。従妹のブーの話が途中でこんがらかる症状は、学名では〈マラプロピズム〉って呼ぶらしい。こんな長い専門用語を教えてもらって、私はなんとなく得意な気分になったものだ。例えば、ブーはこんなことを言った。「友だちのトゥーティは、ハイエナを患っているのよ。ハイエナって、やっかいなんですって（正しくは、ヘルニア）」まだある。「自動車の運転免許を取るときには、痙攣駐車の仕方を覚えてなきゃいけないんだって（正しくは、並列駐車）」とも言った。それからこんなことも。「あの男に言ってやったのよ。途中でやめるなんて、それは山猫のすることよ、ってね（正しくは、赤子）」

先日、従妹のブーを思い出させる出来事があった。ある女性入所者がこんなことを言ったからだ。「今年はハナミズキの元気がよくないわね。きっと〈疲れ病〉のせいだわ（正しくは、葉枯病）」。実はこの女性、ある入居者が食事の不満を漏らすのを耳にして、こう言ったこともあった。「あら、私は今日の夕食はおいしかったと思うわ。もちろん私は直通じゃありませんがね（正しくは、食通）」それを聞いた私たちは〈世間通じゃありませんが〉噴き出すのを必死でこらえていた。

私は言葉の遣い方で混乱することはそうないけど、最近いろいろなことがごちゃごちゃになって困るようになった。今日は何曜日なのか、何月の何日なのか、ごみ出しの日はいつなのか、歯医者さんの診察日は、月ごとの管理費を払う日は、小切手用の入金日は、等々。こんなことがはっきりしなくなってきた。

聞くと、これは私一人に限ったことじゃないようだ。そこで私は結論を出した。施設で信ずべきは〈長老主義〉ではなく、混乱（〈コーラン〉じゃなくて）だ、と。私たちはすべてを受け入れてくれる〈母教会〉の信者であり、私はすでにオバアさんなのである。

十二月八日

女性入所者のローリーの部屋のドアが少し開いていて、私が廊下を歩いていると、中から泣き声のようなものが漏れてきた。ドアを少し押し開けてみると、やっぱり窓際の椅子に前かがみになって、ローリーは泣いていた。

「私、ハティーよ。入ってもいい？」

すると、手で「どうぞ」って合図をしたので、私はドアを閉めて、近寄っていった。

「どうしたの？」私は肩に手を置いて尋ねた。

ローリーは体を震わせ、声を震わせて言った。「もう……　これ以上……　歳を……　取りたくないの！」そしてまた前かがみになって、悲しそうに体を震わせた。「嫌なの……。嫌いなの……。歳を取るなんて。だんだんひどくなるばかり……。よくなるかなって思っていたの……。仕事を辞めてここに来たときわね。でも、そうじゃなかった。身体はあちこち痛いとこだらけだし、痛む場所が新たに増えるばかり……」彼女は、最後はもう泣き声で、涙が頬を伝い始めた。

私は彼女の肩をポンとたたいたものの、どう声をかけようかと迷っていた。彼女は洟をかむと、少し姿勢を正して、また言葉を続けた。

「懸命に働いて努力しているときは、やがて暮らしはよくなればこそ、悪くなるなんて思わないじゃない……」

窓の外を見ている彼女の悲しげな表情は、見るのもつらかった。「ルシアスが言ったの。今日のランチを食べているときにね。〈もしも楽しい思い出が一つもなかったなら、ぼくの人生はつらい人生だっただろうなあ〉って。ハティー、あなただから言うんだけどね、私、楽しい思い出なんて、まったくないの。私の人生って、ずっとつらいことばかりだった……。仕方がないわね。こんな顔ですもの……」

ローリーは顔を上げて、私を見た。流れる涙が、視力の衰えた彼女の目の印象を和らげている。でも、鼻の印象は相変わらずだ。それに、気の毒な口元もそのままだ。

私は何か言わなければと思った。でも、言えない。とても言えることではない。「いいえ、顔は問題ないわよ」なんて。だって、ローリーの顔は〈問題なし〉ではなかったからだ。それはもう気の毒なくらい。ひどい容貌で、こんなひどい仕打ちがあるのかと思うくらいにひどかったから。

「学校が終わると、いつも走って家に帰っていたの」洟をすすり、洟をかみながらローリーは話を続けた。「母に成績表を見せるために走ったの。でも、母の反応はこう。「よくやったわね、ローリー」でも、母は私の成績なんかどうでもよかったの。間違いないわ。テレサが帰ってきて、メイ・クイーン（五月の女王）に選ばれたとか、ミス学年に選ばれたとか報告したとき、母がなんて言ったか、あなたに聞かせてやりたかったわ」

「テレサって、妹さん？」

私が尋ねると、ローリーはうなずいた。私は何か言う前に、じっくり考えてみることにした。こういうことはこれまでに何度か経験した。不器量に生まれた女の子が、美人の妹を持つという残酷さを見てきた。みじめなローリーをどう言って慰めてやればいいのか。

私はもう一度ローリーの肩をたたいて、ためらいながら言った。

「きっとローリーは、いい先生だったんでしょうね。子どもたちにやる気を起こさせて、一生忘れないような印象を与えたんでしょう？」

「ふん、せいぜい〈自分が幸せじゃないから、生徒をいじめる醜(みにく)い女教師〉、こんな印象だったでしょうよ。これが受けもった小学校五年生たちの印象だわよ」

ローリーは窓の外の木立に目をやった。口はぽかんと開いたままだ。

「あのね、ハティー。ここだけの話だから、だれにも言わないでね。私、一度、大胆なことをして、男の人を好きになったことがあるの。同じ学校の校長先生。親切心から私にとてもよくしてくれた。ところが私はそれ以上のことを望んでしまった……。それで得たのは、失望と気まずさだけだったわ」

私はドロシー・パーカー（※米国の詩人、短編作家、評論家、風刺家）の詩の一節を思い出した。

太陽はかすみ、そして
月は光を失ってしまった
私が愛したのに
あの人がこたえなかったからだ

もちろん私は、この詩を声には出さなかった。ローリーはまた自己憐憫(れんびん)に陥(おちい)ったのか、しくしくと泣いている。「私にどんないいことがあったっていうのよ」とか言いながら。

私はローリーの手をしっかり握り、そして「またあとでね」と言って、部屋を出た。私が感じたのは無力感と虚しさだけで、これは生まれて初めての経験だった。本当にあんな人生で、彼女にどんないいことがあったっていうのか。でも、惨めな思いをしている彼女をなんとかしてやらなければならない。よく考えみれば、歳を取ることとか、死ぬこととか、そんなことで彼女は落ち込んでいるのではない。もともと大した人生は、そう、大していい人生を、彼女は送ってこなかったのだから。

十二月九日

昨日の午後遅く、施設の敷地内をローリーと歩いてみた。ライアリーズのコテッジを通りかかると、アーサー・プリーストがライアリーズの自動車を洗って、奇麗に磨いてやっているではないか。アーサーはよく働く若者で、土曜日も含め、ほぼ毎日、入所者のために残業をこなして、施設から貰う給料を補っている。彼の仕事ぶりは非の打ちどころがない。アーサーが奇麗にすることができないとか、ペンキが塗れないとか、元どおりにできないとかいうものは、何一つない。そして一度修理したものは、もう二度と修理する必要がない。

私が〈すごいな〉という印象を受けたのは、初めてアーサーに会ったときだった。額縁の飾りつけも上手だし、家具の並べ方も、そしてカーテンの吊るし方も上手なので、コーラ・ハンターに、どうしてこれほど優秀な若者を雇うお金が施設にはあるのかなって、尋ねたくらいだった。

「あの人は持っている才能を、物を作ったり、発明をしたり、あるいは装飾を考えるとか、そんなことに使うべきよね」と、私は言ったものだ。

「ああ、そうね。でも、無理なの」と、コーラは答えた。「もちろん、能力はあるのよ。ところが、そんな仕事はできないの。自動車の運転ができないから」

「運転ができないの?」

「許されていないの。免許証を持っていないんだから」

「免許証を?　取ったことがないの?」

私には信じられなかった。

「何度か挑戦はしたのよ。でも、読み書きができないから、試験の内容が分からないのね」

「学校に行かなかったの?」

「いいえ、行っているわよ。でも、どこかでおかしくなったのね。試験に合格できなくて、十五歳くらいで学校を中退して、就職した。十九歳で結婚。すぐに子どもが二人生まれた。家族は小さいトレーラーハウスで暮らしている。ここから一マイルほど離れたところよ。そこからだと、自転車で通える。これは施設にとってはありがたいことなの」

たしかにそれはありがたいことだ。仕事が上手だからというのではなく、みんなからとても好かれる性格だからだ。アーサーは入所者を全員知っているし、顔を合わせると、にっこり笑って、名前で呼んでくれる。心底、私たちのことを気遣ってくれているみたいだ。アーサーの前向きの態度は、職員全員にも好影響を与えている。

この日、夜遅くまで、私はアーサーのことを考えていた。浅黒いハンサムな顔、性格の良さ、そして抜け出せないでいる落とし穴。だれかが読み方を教えてやればいいのだ。私は習ったことがないけど、あの〈読書法〉、なんと言ったかな？ 私は先生をした経験はないけれども、きっとこの施設の二百名の入所者のなかに一人はいるはずだ。そう考えていたら、私はローリーを思い出した。彼女だ！ 私は小躍りして、すぐにでも会いに行きたかった。でも、すでに午後十一時を過ぎていた。それで朝まで待つことにしたが、がっかりはしていなかった。

「アーサーって、あの青年？ 私のポータブル便器を直してくれた？ あの人、字が読めないの？」

ローリーの目が輝いた。「それで、私が役に立つというの？」

「この施設には、あなた以外に最適の人はいないと思うわ。だって長年、子どもたちに読み方を教えてきたんでしょう？」

「そうよ。なかには手に負えない子もいたわ。勉強はしないし、どうにもならないの。失読症を患っている子も、二人いたわよ」

「アーサーも、その失読症じゃないかしら。なんとかなる？」

「失読症ならね。学校の先生たち以上に。でも、私、時間だけはたっぷりあるから、なんとかと時間が必要ね。学校の先生たち以上に、アーサーはちゃんと字を見ていないってこと。治すには忍耐してあげたいわ。あんなに礼儀正しくて、親切に便器を修理してくれたんだもの。やりがいがあるってものよ」

十二月十五日
どうやら成果が上がっているようだ。アーサーは読み方を教えてもらえるというので、大喜びだった。二人が一緒になって勉強するのはだいたい夕方になって、アーサーのいろいろな勤務時間外の仕事が終わってからだ。そして、勉強をする場所は図書室。図書室は快適だし、それに夜は大抵、無人だ。
ローリーは学校で使った教科書を何冊か捨てずに保管していたので、それらを使って教え始めた。州立図書館にも援助を依頼した。電話に応対した係員がきっといい人だったのだろう。

失読症に関する専門書も送ってくれたし、どこで特別教材が入手できるかも教えてくれた。それから、識字協会という素晴らしいグループの援助も受けられることになった。

昨日、ローリーが私に言った。「アーサーは一つの単語を理解するのに十五分もかかることがあるわ。でも、彼は頭が良くて、すぐにほかの単語と関連づけることができるの」

こう語るローリーの顔は輝いていた。「急に美人になったわね」って言ってやりたかったが、現実はそうじゃないから、口にはできなかった。でも、彼女は生きているのが嬉しくなったようだったから、私も彼女を見るのがつらくなくなってきた。

十二月十六日

入所者の一人で、ほとんど視力のない女性が、今朝、時間に遅れて、礼拝堂でのミサに姿を現した。そして、前方寄りの真ん中の列ぐらいに座ろうとしたので、私たちは息をのんでしまった。私たちには、彼女には見えないものが見えていたのだ。そう、その列には空いている席がなかったのだ。

真面目そうな女性が、見ず知らずの男性の膝に座り込んでしまう。そんな姿を私たちは思い浮かべてしまった。そうなったら、本人も、男性も、実に気まずい思いをしなければならない。

幸いにも、親切な人が立ち上がって、女性を側廊(そくろう)の列に導き、空いた席を見つけてくれた。最悪の事態は回避されたのだ。施設は善意に溢れている。こんな善意の例は枚挙にいとまがない。

施設の手配でお医者さんが二人やってきて、記憶力を高めるための勉強会を開いてくれることになった。それを聞いて私は思った。「それって、まさに私向きじゃないか」って。問題はこの会に参加するのを忘れてしまったことだった。この失敗談が子どもたちの耳に入らなきゃいいのだが……。

コーラが夜、ジョークを教えてくれた。たぶん言い古されたジョークなのだろうが、私には初めて聞くものだった。パーティの席で、年配の女性がバーテンに言ったそうだ。

「グラスにほんの少しだけお水を入れて、あとはウイスキーをなみなみにね」

バーテンが驚いた顔をすると、女性は小さな声で言ったそうだ。

「私の体、お酒は受けつけても、お水は受けつけないの」

ウヒャーッ！

昨晩、テレビでコメディアンが言っていた。

「新聞配達の少年からクリスマスカードを貰ったんだよ。それには〈督促状〉と書いてあった」

このコメディアンは少年が集金にやってきたときに言ったそうだ。

「お〜い、きみ！　新聞代は封筒に入れて、木の上に置いてあるからね。ほら、きみがいつも新聞を放り投げるあの枝だよ」

第二章

サラ

十二月十七日

サラ・ムーアはメイン・ダイニング・ルームで、私の隣のテーブルに座る。彼女のそばを通るときに、なんとも優しそうな、はにかむような笑顔の持ち主だなって思っていた。でも一緒に話す機会はなくて、それが実現したのは、秋に図書室で会ったときだった。私は図書委員をしていて、その日は図書室に詰めることになっていた。

彼女は本棚を見ても読みたい本が見つけられない様子だったので、「お手伝いしましょうか」って声をかけた。するとこんな返事が返ってきた。

「コンラッド・リヒター（※米国の小説家で、フロンティアでの生活を主なテーマにしている）の本は揃えてないのね。ここにあるのはすべて読んだし、ほとんどは二回読んだわ」

「私もそう！」

私は自分と同じように、コンラッド・リヒターの作品の熱心な読者に出会えて嬉しかった。『木』、『畑』、そして『町』は、リヒターの優れた三部作だということで、二人の考えが一致した。サラは言った。

「彼の本は、アメリカ国内では、高校生の必読本にすべきだわ」

「まったく同感。歴史の授業？　それとも、英語の授業かしら？」

「まあ、アメリカ史かしらね。もちろん文学としても傑作だけど……。初期の開拓者たちの言葉を完璧に再現している。でも、彼はあまり評価されていないの……」

私も本当に同感だった。コンラッド・リヒターはずっと私の好きな作家だったけれども、世間には名前も知らない人だっているようだ。サラは目がいきいきと輝いていて、彼女を好きになれそうだと思った。年齢は七十歳くらいで、施設に入所するにはまだ少し早い感じだった。

秋になってから、私はD棟にあるサラの部屋を訪問したことがある。また、サラが新館の私の部屋にお茶と会話を楽しみにやってきたことも何度かある。はっきり分かったのだが、彼女はいわゆる〈管理的〉なD棟から抜け出したかったのだ。もっとも、彼女自身が住んでいる同じD棟の入所者を軽蔑するなんてことは、まったくしなかったけれども。

サラにはきょうだいが一人、そう、男のきょうだいが一人いた。今日のランチの席で、ある人から、そのきょうだいが亡くなり、サラは午後には葬儀の手配のためにアトランタに行くのだと教えられて、とても悲しかった。

それで私はランチを早めに切り上げて、サラの部屋に行ってみた。スーツケースがベッドに乗っていて、もう閉めるだけになっていた。サラは窓を向いて座っていた。私が開いていたドアをトントンとたたいて中に入ると、私の方を向いた。彼女の表情に私も胸が痛んだ。

「ハティー、私の一番の遊び相手だったの……」

こう言ってサラは私をハグした。その弱々しさに、余計に悲しくなった。

「とっても優しかった」

「お兄さんだったの？　それとも弟さん？」

「三つ年上の兄。私の面倒を見なきゃならないと思っていたのか、とてもよくしてくれた。あんなに優しい兄を持った妹は、世の中にいないと思うわ。日曜学校に行くときは、いつもベルトとヘアリボンのたるみを取ってくれたし、靴下も選んでくれた。私の服装には母親以上に気を配ってくれた。でも、女の子のような弱虫じゃないの。強い子が相手でも平気だった」

サラは少ししゃくりあげた。私は肩をたたいて、ティッシュペーパーを渡してやった。

「アトランタには、どなたか頼れる人がいらっしゃるの？」

サラは首を振って言った。「親戚はだれもいないの」

「お兄さんは今、いや、これまでは、アパートに住んでいらっしゃったの？」

サラはうなずいた。

「じゃあ、お隣さんがいるでしょうよ」

サラはまたうなずいた。「お隣さんの、そう、ピーボディーとかいうご婦人が電話で連絡してくださって。兄のドアをノックしても、電話をかけても、まったく返事がないので、無理やりアパートに入ってみたんですって。そしたら、椅子に座ったまま死んでいたって。お医者さんが言うには、心不全だったらしいわ」

「ピーボディーさんてかた、きっと親切な女性ね。私も一緒にアトランタに行ければ……」

「いいえ、とんでもないわ、ハティー。そんなこと必要ないわ。第一、あなたの飛行機代が私には払えないわ。施設の管理費だって、兄が払ってくれていたの」

サラの口がぽかんと開いたままになった。「これから一体どうなるのかしら。教師時代の年金があるとはいうものの……」

「これまでお聞きした限りで思うには、きっとお兄さんは、ご自分が亡くなったあとのことまでちゃんと手配してくれているわよ」

「たぶん……そうじゃないかと思うけど、なんとかして……」

飛行場に行くまでにはまだ一時間あったので、サラのそばにいてあげることにした。彼女は兄さんのことを話したがっているようだったので、私から尋ねることにした。

「ここに入所したときに、どうしてお兄さんが一緒じゃなかったの？　個室でも、コテッジでも？」

「そうしてくれればいいなって思っていたのよ。兄は大学で物理学の教授をしていたんだけど、辞めてからも顧問として、わずかな給料をもらっていた、それでアトランタから離れられなかったの」

「奥さんは亡くなったの？」

「いいえ。兄は結婚しなかった」サラの目にまた涙が溢れた。「私はジムと結婚して幸せだったんだけど。私たち夫婦はとっても仲が良かった。だから兄の一生を思うと、悲しいわ。楽しいことが何にもなくて」

「まあ、サラったら。本当にそう思うの？」

「もちろんよ。だから母親を非難したくなるの。父が死んだとき、兄は十九歳だったのよ。まだ子どもで、大学の一年生。それなのに、いきなり三人の家族を養うことになった。母親は、ただめそめそしているだけで、何もしようとしない。能無しだった」

サラの唇が震えた。「母親に対してこんな感情を持つなんて、とてもひどい話だけど、これはどうにもできないの。それに父親も、そんなにいい親だったとは思っていない。魅力のある好人物ではあっても、将来への備えができない人だった。だから、死んでもみんなに借りがあるの」

「それで、お兄さんが家族のあとの面倒を？」

サラはうなずいた。「大学を退学して、二つの仕事を始めた。私もほんの少し手伝いをして、子守をしたり、日曜日には食料品店でアルバイトをしたり。兄は、私には高校を卒業させ、大学に進学させる決意をしていた。私が英語の先生になりたいのを知っていたの」

「それで大学まで行ったの？」

「ええ、もちろん。兄もそうよ、最後にはね。兄は物理が得意で、奨学金をもらった。でも家族三人が食べていくためには、まるで二頭の犬のように、二つの仕事をこなさなければならなかった。だから学位を取得するのには、十年くらいかかってしまった。やっと大学の先生という念願の仕事に就いたときには、もう三十代になっていたわ。青春は過去のものになっていた。というより、青春がなかったし、楽しいこともなかった。女性とも無縁……。ただ、こつ、こつ、こつと働くだけ」

サラは思い出に悲しそうに首を振り、言葉を続けた。「そのころには母が慢性の病気で動けなくなって、養護施設に入れる必要が出てきた。どれだけの経費がかかると思う？　そんな施設に、母は二十八年間も入っていたのよ。気の毒な兄。それなのに、あの世に逝ってしまった。この世の喜びもまったく知らないまま……」

サラはまた泣き崩れた。「ああ、せめて別れの言葉が言いたかった。〈ありがとう〉と言いたかったわ。大好きだったから……」

十二月二十一日

それからの一週間、私は何度もサラのことを想った。そしてだれかがアトランタまで一緒に行って、手助けしてやればいいのにと思っていた。サラは同僚の教師と幸せな結婚をしていたが、その夫は二年前に他界していた。施設に入る前のことだ。二人の間には男の子が一人誕生したが、ベトナムで戦死していた。そして今、最愛の兄を失ったのだ。サラはどこまで耐えられるだろうか。

アトランタから帰ってきたと聞いて、私はすぐにサラの部屋に駆けつけた。サラは荷物を整理する手を休めて、私をハグしてくれた。

「大変じゃなかった？　お葬式も何もかも？」

「いいえ、大丈夫だった。感謝したい気持ちよ、兄がさっと逝ってくれて。痛みを引きずらないですんだの……。でもね、お葬式が終わってから分かったことがあって、それで私、本当に救われたの」サラの目は本当にきらきら輝いていた。「本当にすごいことよ。今、時間は大丈夫なの？」

「もちろんよ。でも、私の部屋に行きましょう。一緒にお茶でも飲みましょう。チーズビスケットもあるわ。ドアに鍵をかけて、おしゃべりしましょうよ」


サラは、兄の隣に住んでいたウルスラ・ピーボディーという女性のことを語ってくれた。

「あの女性(ひと)がいなければ、どうなっていたことか。空港まで出迎えに来てくれて。それも随分遠くからなの。親切でしょう？　葬儀場に行くと、必要な手配を一緒にしてくれた。生前兄を知っていた人たちに電話をかけ、お葬式には大勢の人が来てくれた。でも、そう、話はこれからなの」


サラの顔が笑っている。私にはどんな話なのか、予想がつかなかった。

「私には兄のアパートの整理が待っていたの。何年も住んでいたわけだから、それは大変だったわ。机の上にテープレコーダーが置いてあって、テープがそのまま掛かっていた。それで単なる好奇心からテープを回してみたの。兄が最後に何を聴いていたのかなと思ってね。すると、途中で女性の声が聞こえてきたの。『だから、次の週末には会えないわね。本当に申し訳ないですけど。でも、またってこともあるし。それにイースターの思い出はずっと消えない大事なものよ。あなたにもそうかしら』

「私はテープを止め、呆然として座り込んでしまったわ。知っている声だったの。いや昔、聞いたことがある声だったの。いったいだれの声なのかしら。そう思って、もう一度テープを回してみた。するとその女性は、兄が自分のために詩をテープ録音してくれたことを感謝していたのよ。ベン・ジョンソン（※英国の詩人で、シェイクスピアと同時代人）の『セリアにささげる歌』だった。その女(ひと)の声はさらに続いたわ。『これまで何度も聞いたことはあるけど、私のために、私だけのために、あなたの声で読んでもらったのは、心臓が止まるくらい嬉しかったわ』って。それで、またすぐに新しいテープを送るように頼んで、こう言っていたの。『こうしましょうよ。時計を合わせて、金曜日の夜八時になったら、お互いのことを考えるの。そうしましょうね。土曜日の夜も、八時になったら同じことをするの。日曜日の夜もね』

「私、その声の主がだれだか分かったの。いつも口癖のように『こうしましょうよ』って言う女性。そうなの。セレーナ・ホーナーという女性(ひと)だったの」

サラは目を輝かせて、その女性のことを語った。サラより二つ年上で、三人一緒に子ども時代を過ごしたという。

「なぜだか、私、忘れていたの。兄が彼女に関心を持っていたことを。私が想像する以上に、兄は気にしていたのね。それで、二人が何回かデートをしたことも思い出した。電話を盗み聴きして、兄を困らせたこともね。学校のダンスパーティにも一緒に出掛けていた。でも、兄が二つの仕事を同時に始めたので、デートの時間がなくなってしまった」

サラ自身は、ホーナー一家がサウス・カロライナから引っ越して出ていってから、セレーナとの関係は途絶えてしまったそうだ。だが、セレーナの親友にベッツィー・ケインという女性がいたことを思い出したのだという。

「ベッツィーの新しい苗字も住所も分かっていたので、たった二回の電話だけで、セレーナと数十年振りに話すことができたの。でもね、兄が死んだってこと、どうしても伝えないわけにはいかないでしょう。そしたら彼女、息を詰まらせた。私、どうにもしてあげられなくて。それでも彼女はすぐに、〈大丈夫〉と言ったわ。そして、兄が苦しんだのかって尋ねた。

「お医者さんが言うには、兄の死は一瞬の出来事だったらしいと報告できてよかったわ。セレーナは兄から何日も連絡がないので心配していたらしいの。私はセレーナに会いたいと申し出て、翌日、バスで彼女が住んでいるアテネまで会いに行った。二人で六時間もいろいろ話をしたの。

「会ってみたら、子どものころよりも素敵な女性になっていた。子どものころも美人だったけどね。前にベッツィーから聞いて知っていたの。セレーナのご主人は大学の教授だったけど、今は病気で寝たきりだって。心神喪失で、思考力を完全に失っているそうよ。そんな夫の世話をセレーナはしなければならなかったのね。頼れる子どももいなければ、お金もない」

サラが語るには、兄のリチャードは、アテネで開催された学会に出掛けた折りに電話をかけ、昔の恋人の彼女と再会したのだそうだ。

「セレーナから聞いたの。兄のリチャードは彼女にとって初恋の人で、一度も忘れたことがなかったって。それは兄のリチャードも同じだったのね。兄は経済的には結婚できる状態になっていたけれども、〈昔の思い出があるから、結婚できない〉って言ったそうよ。それでセレーナが住んでいるアテネを何度も訪れて、アパートの居間に二人で座っていた。隣の部屋では心神喪失の夫が咳をしたり、ゼーゼー、ボソボソ、意味の分からないことを言っていたそうよ。セレーナと話している私の耳にも、それが聞こえてくるようだったわ」

「かわいそうなお兄さん」と、私は思わず言ってしまった。

「そうなの、ハティー。新たな恋にしては不運な境遇だったのね。あっ、そうでもないわ。二人だけで一週間過ごしたことがあったそうよ。今年の春のことだけど、兄が看護師を雇って夫の世話を依頼して、二人はノース・ジョージアの山荘で過ごしたの。まるまる一週間よ。その話をしたときのセレーナの嬉しそうな顔、見せたかったわ。〈私たちって、聖書の教えに逆らっているのかしらね?〉って、私、そう尋ねられてしまった。

「ねえ、ハティー。セレーナも私も、キリスト教原理主義に熱心な地域の育ちなの。だから、モーゼの十戒の第七則（※〈姦淫してはならない〉）を絶対視する時代もあったのよ。でも今、言えるのは、〈神様、あの一週間に感謝します〉ってことね」

「アーメン」と、私は心を込めてこう言うと、腕を伸ばして、サラの手をポンと軽くたたいた。

私はサラと腕を組んで、彼女の部屋まで送っていった。二人とも強い感情で満たされていて、サラはまだ話を続けていた。

「セレーナはこう言ったの。夫のジェイミーを戸惑わせることもなかったし、怒らせることもなかった。なんにも知っていないんだもの。本当に私たち、正式に結婚したいと思ったくらいよ。だから、取りうる最善の方法として、お互いのことを誓い、そして神にも誓ったの、と」

サラは微笑んで言った。「だから、兄は一週間、幸せを味わった。本当によかった。あっ、そうだわ。見せたいものがあるのよ。兄の一番上の引き出しに入っていたもの。こんな詩を書き写していたの。セレーナに送るつもりだったのね。もう彼女の手元に届いているわ。だから、これはコピー。兄は理系で文学には疎(うと)かったけど、それにしてはいい詩を選んだと思わない？」

私は書き写されたものを読んで、サラと同じ気持ちだった。とても力強い、男らしい字で、タイプで打ったものよりはるかによかった。

君から受けた甘美な愛を思えば
私は幸せの長者となり、
たとえ王とだって
この身をとりかえようとは思わない

―シェイクスピア　ソネット二十九―

春のような美人にも、夏のような美人にも
あれほどの上品さはなかった
一つの秋のような顔の中に
私が見たような

―『秋のような顔』ジョン・ダン―

それほど秋のような顔ではなく、まだ春の顔が多分に残っているのだね。

R・M・補筆（※R・M・は、兄リチャード・ムーアのイニシャル）

星と同じほどの情熱を持てないまでも

今より愛することのできるものになりたい

—W・H・オーデン—

この言葉に迷わされてることはないよ。正しいところもあるけど、二人の場合には必要ないからね。　R・M・補筆

君と離れて愛の炎が冷めたように見えても
私が自分自身から離れることができないように
君の胸にある私の魂から別れることはできはしない

—シェイクスピア　ソネット一〇九—

私はサラの部屋を出ると、自分の部屋まで歩いて帰った。どうか、だれとも出会いませんようにと願いながら。「あら、もうお夕食?」とか、「ちょうどいい寒さだわね」などと声をかけられて、いつもと違う気持ちを壊されたくなかったからだ。私の気持ちはどうだったかって?そう、失恋したときの悲しさというか、心の高ぶりというか、まあそんなものだったかしらね。こういう気持ちは、女性が恋をすれば、年齢に関係なく経験できるものなのね。

十二月二十四日

夜、クリスマスイブのミサのために、礼拝堂でピアノを弾いた。祈祷が終わると、明かりが消され、ろうそくの灯りのなか、みんなで静かに『聖夜』を歌った。素敵だった。

そのあと、小ダイニング・ルームに行って、フルーツパンチを飲み、ケーキをいただいた。だれかが「ハッピイ・バースディ・ディア・イエス」を歌わないかと提案して、実際に歌ったけれども、私は愉快じゃなかった。イエスを俗っぽい歌にするなんて、不謹慎な気がしたのだ。表現が正しいのか分からないが、これは、例えば、英国女王陛下に向かって、「ハブ・ア・ナイス・デイ、クイーン」って言うようなものじゃないだろうか。私は少し気難しいようだけど、イエスには誕生日を祝う歌がほかにあってもいいと思う。トムとか、ディックとか、ハリエットなどというような俗人の誕生日の歌と違って。

今朝早く、ガスタを見かけた。郵便物を取るのにロビーを通ったときだった。椅子に座って朝刊を読んでいた。私は無言で通り過ぎないで、「何かいいことがあって?」と、彼女に声をかけた。

「さあ、どうかしら。私は天気予報と訃報記事しか見ないから……」

この返事から察すると、クリスマスがやってきたというのに、彼女の精神は沈滞したままのようだ。

二月二十七日

エレン・ケインは快活な女性だ。どんなことだってジョークにしてしまう。彼女が一緒に座っていると、ダイニング・ルームのどこのテーブルだろうと、必ず笑い声が聞こえてくる。

今日のエレンは、息子さんからクリスマスプレゼントに貰ったというトレーナーを着ていた。トレーナーの胸の部分には、こう書いてあった。〈うたた寝が楽しみになったら、それは歳を取った証拠〉

私がそれを見て笑うと、エレンが乗ってきた。「もっと面白いのを教えてあげるわ。親友に〈私、最近、不倫を楽しんでいるの〉って言ったら、相手から〈あら、どこでそんな出前を手配してくれるの〉って言われたら、あんたも歳を取った証拠だと思いなさい」だって。

エレン・ケインとその明るい性格に〈万歳〉だ。施設ではこういう女性が必要だ。でも、エレンの場合、一対一のときか、あるいは少人数でいるときが一番面白い。彼女は施設の素人演芸会でジョークを頼まれても、絶対に断る。断る台詞はこうだ。「私がステージで話すように仕組んだら、〈死亡につき欠席〉って電話をかけるわよ」だって。

いつだったか、エレンはランチの席で面白い話をして、みんなを笑わせた。話題にされた女性はエレンと同じ町の立派な家柄の夫人で、南部女性の女性らしさと、鬼軍曹の厳しい性格を併せ持ったような女（ひと）だった。ミセス・ペリー、これが彼女の名前だったが、とても時代物の黒いパッカードに乗っていて、自動車にもそれなりの風格があったそうだ。

ある日のこと、ミセス・ペリーはチャールストンに買い物に出掛けた。道幅の狭い一方通行のキングストリートをいつものように時速十マイルで走り、店々のショーウインドーを見て楽しんでいた。ところがこの日、ケリソンという店に実に奇麗なドレスが飾ってあるのを見つけた。もっとじっくり見ようと、夫人が自動車のスピードを落とすと、年代物の自動車がエンストを起こしてしまった。

夫人はダッシュボードのあちこちをいじってみたが、どうにもならない。そのうち、夫人の後ろの自動車に乗っていた男が業を煮やして、クラクションをブッブーと鳴らし始めた。夫人は自動車を降りると、男の自動車の窓まで行って、優しい声でこう言ったそうだ。「ねえ、あなた。あそこにある私の自動車のエンジンをかけてくれるなら、代わりにそのクラクションを鳴らしておいてあげるわよ」

エレンが言うには、男はそれを実行したのだそうだ！

第三章
アンジェラ

一月七日

先週、アンジェラ・プライアーという女性が新たに入所してきて、広めの部屋で生活を始めた。ところが彼女のせいで、ドイツ語で言う〈シュトゥルム・ウント・ドラング〉、つまり〈大嵐と衝動〉が発生した。実はそれまでは、G棟の廊下にはいろいろな活動で使う用具が置いてあって、ほとんど通行できない状態だった。彼女はその廊下の壁紙を張り替えさせ、ペンキを塗り直させ、カウンターを高くさせ（このプライアー夫人はとっても大柄）、しかも噂では、今の素敵な小型シャンデリアをティファニー製と交換させるらしい。

食事時間になると、みんなの話題はそのプライアー夫人のことと、彼女のキャデラック、それからダイアモンド、それからまた特注の服に集中して、まさにワイワイ、ガヤガヤ。去年、コロンビア市から引っ越してきて入所したコーラ・ハンターが言うには、アンジェラはサウス・カロライナ最大銀行のコロンビア市支店長の未亡人なのだそうだ。

「夫に先立たれてからも、支店長夫人としての仕事があきらめきれなかったのね。だからその埋め合わせに、園芸クラブ、愛国婦人団体、そして自分の教会まで作ってしまったの。彼女の教会には運営委員会、婦人部、そして、なんと、合唱団まであるわ！　今はそれが全部だめになると思ってるはずよ」

　コーラは小柄で温厚な女性だが、アンジェラ・プライアー夫人に対する厳しい態度、これは驚きだった。でも、話題のアンジェラには私も何度か会って、なるほどと思った。すぐに頭に浮かんだのは、支店長夫人はこの施設の経営権でも狙っているのではないかということだった。彼女の最初の口撃の対象にされたのは、調理場だった。出された料理には、ほとんどすべてに苦情を言った。ポーチドエッグは固くて石のようだ。ベーコンは脂身だらけだ。コーヒーは薄すぎる。野菜は加熱しすぎ。とまあ、こんな具合だ。

「コーンビーフの料理って、てっきり間に合わせものだと思っていたわ」とか、「四回も続けてチキンを食べなきゃならないの？」「ときにはラム肉はどうなのよ？」「新鮮なサーモンはないの？」などと、言いたい放題。

「おい、そこのあんた！　勝手にほざきな！」と、どこからか大声が飛んだ。

一月二十一日

銀行支店長夫人のアンジェラは、同じ顔ぶれが二か月間、同じ食事のテーブルに座るのを嫌う。第六テーブルに座り始めて二週間後に、管理責任者のミスター・デトウィラーに席替えをしてほしいと頼んだ。でも、〈退屈したから〉ということ以外にちゃんとした理由を思いつかず、断られてしまった。これは第六テーブルに座っていたほかの人たちにはとっては不幸なことだった。みんなはアンジェラのお高くとまった態度に辟易していて、その度合いは、アンジェラが同席者の田舎臭さに飽いていたよりも強かっただろう。

そういうわけで、アンジェラは必ずしも入所施設フェア・エーカーズの〈五月の女王〉ではなかった。彼女の人気は今週になって、さらに落ちることになった。管理責任者の事務所に飛び込んでいって（そして、そのあとには、ダイニング・ルームに駆け込んできて）、前日、彼女の部屋で仕事をしていたアーサー・プリーストが、自分の高価なブローチを盗んだと言い放ったからだ。

アンジェラの非難は受け入れないとする衝撃波が施設中に広がった。「アーサーが？　アーサー・プリーストが？　冗談じゃない！　ヘアピン一本だって盗むような男じゃないよ。ましてや、高価な物を盗むなんて！」

「いいえ、ちゃんと知っているんです」と、アンジェラは譲らなかった。「昨日、ようやくカーテンが届いたの。それを吊ったのがアーサーなの。それに私のブローチもなくなったわ。祖父が祖母に贈った結婚記念だったのよ。ダイヤとサファイアが三日月の形に並べてあった。トッてもキレい、だった。ああ、死にたいくらい。あの青二才のコソ泥を捕まえなきゃ……」

だれかが横から口を挟んで、尋ねた。「あんた、ずっと一緒に部屋にいたのかね？」

「いいえ。郵便物を取りに降りていったの。ということは、アーサーには私の寝室に侵入して、宝石箱から盗む時間が十分にあった、そういうことでしょうが？　絶対に彼がやったのよ。どうして牢屋に入れないの？」

聞いたところでは、アンジェラがオフィスに行ってこの件を報告すると、職員が言ったそうだ。「奥様、ご一緒の階にお住いのだれ一人として、これまで盗難被害を届け出ておられませんよ」って。すると、アンジェラは言ったそうだ。「ふん！　盗まれるような物を持っていないからでしょう」って。

席替わりを頼まれた管理責任者のミスター・デトウィラーは、アンジェラの部屋をいろいろ調べた結果、やむなく警察に電話をした。やってきた警官は被疑者のアーサーを尋問したあと、彼の犯行とは思えないと報告をした。

管理責任者と警官は、職員はもちろんのこと、アンジェラの棟に出入りできる関係者全員を尋問したが、無駄だった。

この騒ぎのあと、アーサーが事務所に戻っていく姿を見掛けた人がいて、彼の顔は青ざめ、気持ちが動揺していたようだと語っていた。〈ひょっとすると、仕事を辞めてしまうかもしれない〉と、私たちは心配した。でも、アーサーは家族を養うことを第一に考えるはずだ。

これが今の状態だ。私個人としては、ダレかさんに、どんな田舎か知らないが、自分の町で入所施設を探して、引っ越してもらいたい気持ちだ。

一月二十二日

ローリー・キャンフィールドと二人で、午後、アーサーが仕事を終えてから、彼の家を訪ねることにした。私たちのほとんどが、彼の無実を信じていると伝えたかったからだ。ローリーが自動車を出してくれた。アーサーのトレーラーハウスに行く道を知っているからだ。彼のトレーラーハウスは、一マイルくらい離れた側道にあった。

今日は一月にしては暖かい日だった。アーサーの奥さんのドリーが、二人のかわいい男の子と庭で遊んでいた。庭は棒杭で囲ってあり、滑り台と砂場が作ってあった。アーサーの手作りに違いない。周りには芝生と植え込みがあり、よく手入れされている。

奥さんは私たちの訪問に驚いたが、「どうぞ」と言ってくれた。とても礼儀正しい。彼女は門に掛け金をかけ、子どもたちは家の中から見えるところで遊ばせておいた。そして、こぎれいな小さい家に案内してくれた。

「小さい」という言葉は、この場合、とても重要だ。トレーラーハウスはもともとコンパクトなものだが、でもどうして四人家族がたった一つの空間で生活できるのだろうか。断言はできないが、寝室は一つしかないのではなかろうか。

奥さんは強くお茶をすすめてくれた。小さなキッチンは居間と続いていて、お茶をいれながらでも話ができる。彼女の顔は本当に奇麗で、愛らしく、見ていても楽しい。母親がドレイトンに住んでいて、毎日、朝は彼女を職場まで自動車で送り、そして子守もしてくれるのだという。どうやら、奥さんは毎日四時間、高校の食堂でパートをしているようだ。

「ラッキーね、お母さんが近くに住んでおられて」と、どちらが言うともなく言った。

「もちろんですとも。母がいなければ、どうしていいか分かりませんよ」

奥さんはレモンとホームメイドのクッキーを添えたお茶を出しながら言った。

「キャンフィールドさん、ぜひお会いしてお礼を申し上げたいと思っていたんですよ。アーサーに読み方を教えていただいて。あの人、勉強を始めてからというもの、まったく別人なんです。希望も出てきて、本当に昨日まではすべて順調だったんですけど……」

「昨日のことは知っているわ。そのことでお邪魔したの」と、私は言った。

「アーサーがバイクで帰ってきましたわ」奥さんは窓際に立っていた。「昨晩はノックアウト状態でした。ノース・カロライナに帰って、自分の父親のタバコ農場でも手伝おうかなと言ったりして。でも、何とか説得して、それはやめさせました。向こうじゃ、食べていくのに精いっぱいだし、読み方を教えてくれる人もいませんから」

外で遊んでいた子どもたちの嬉しそうな声が聞こえてきた。「パパ！　パパ！」アーサーは数分間、子どもたちと遊んでから、家の中に入ってきた。

「マックネアさんとキャンフィールドさん、どうも。外に停めてある車の持ち主がだれだか、すぐに分かりましたよ」

アーサーの頬から顎(あご)にかけて無精髭(ぶしょうひげ)が伸びている。きちんと髭(ひげ)をそらないままの顔なんて、今まで見たことがない。そのせいか、少し年若く、また、ひ弱に見える。私は言った。

「アーサー、今日お邪魔したのは、昨日のことをお詫びしたかったからなの。みんな申し訳ないと思っているわ。プライアーさんが口にしたことをね。あれは嘘だって、みんな知っているわ」

「そうです。全部、嘘です。施設のみなさんには親切にしてあげようと頑張ってきましたよ。僕の祖母を思い出させるような方もいますから。でも、あの女(ひと)はひどい」

私たちは、どうしたらアーサーの無実を証明できるか、少し話し合った。ローリーは、問題の日、アーサーが何時にプライアー夫人の部屋を出たのか尋ねた。

「最後のカーテンを吊るのが終わったら、すぐにです。正午ごろかな。池のそばのベンチに行ってランチを食べたのだから。ドリーが毎日、弁当を作ってくれるんですよ」

「だれかほかに食べている人がいた?」

「だ〜れも」

「部屋を出たとき、ホールでだれか見なかった?」

「いいえ。いくつかの部屋からテレビの音が聞こえていましたよ」

「いいこと、アーサー。辛抱するのよ。絶対に濡れ衣なんか着させませんからね。大勢の味方がいるんだから、いいわね。明日の晩も、読み方の勉強に来てくれるんでしょう?」

「いや。しばらくやめましょう。気持ちが落ち着かなくて。なんでもあの女、シャーロットにある補償会社の本店に電話をして、だれかが調査にやって来るとか……」

「まさかそんなことを……。たかがブローチぐらいで」と、私は言った。

「それが、あの女にはコネがあるようで。ご主人が大物で……。いや、もうやめましょう」

アーサーはこう言って立ち上がると、寝室に入っていった。奥さんの目が跡を追ったが、悲しそうだった。

ローリーと私は、奥さんと子どもたちを残して家を出た。子どもたちは網戸の向こうから緊張して覗いていた。階段の一番上まで戻ってきたところで、〈何かが普通じゃない〉と感じ取ったのだ。

帰りのローリーの運転は荒っぽかった。「腹が立って、唾を吐きかけてやりたいくらいよ」こう言って、両方の手のひらをハンドルに押しあてた。

「あんなにいい家族なのに！　ハティー、私、本当のことを突きとめるわよ。何が何でも」

「私だって同じよ……。ローリー、それで、見たことがある？　あの女がブローチを着けているところを？」

「いいえ。ほかの人たちにも尋ねてみたけど、見たことがないって。作り話じゃないかしらね」

「きっとブローチは自分で持っているのよ。ちゃんと部屋にあると思うわ。私がどうしてそう思うのか、知りたい？」

私はローリーに話してやった。昨晩、子どものころのことで思い出したことがあるって。実は、私の母が婚約ブローチを紛失したことがあった。そのころは〈ブレスト・ピン〉と呼んでいたらしい。母は家の隅々まで探したが、見つからない。何週間も経って、もう見つからないとあきらめていたら、クローゼットの一番奥にあるのを見つけたのだ。めったに着ることのないスーツの襟に付いていたそうだ。

「母は素敵な人だったけど、整理は苦手だったの。アンジェラも整理が苦手じゃないのかしら……」

「管理責任者がハウスキーパーと一緒に、アンジェラ本人の立ち合いで、部屋中調べたって言ったでしょう?」

「でも、大丈夫。きっと見つけられるわよ。それだけの根拠もあるし」

「う〜ん。でも、どうやったら部屋に入れるかしらね?」ローリーは賛成したものの、こう言った。

一月三十日

部屋に入る許可はもらえなかった。実際のところ、二日間は何も行動できなかった。その理由は、アンジェラ・プライアーが軽い風邪にかかって、自室に閉じこもっていたからだ。人づてに聞いたところでは、来週、調査のために補償会社から担当者を派遣するという連絡がアンジェラにあったらしい。

木曜日にローリーと私が、営繕係長のフレッド・ボーリングに会いに行ったら、彼はアーサーの味方だと請け合ってくれた。

「アーサーは他人様のブローチを盗むような男じゃないです。誓ってもいいですよ」

私たちはアーサーが仕事を失う危険があること、仮にそうなると、次の職探しをする推薦状がもらえない可能性があることを告げた。すると彼は、なんとか力になれるよう努力すると言ってくれた。ところが、私たちがアンジェラの部屋の鍵が必要だと言うと、いぶかしげな表情になった。

私はまっすぐに彼の目を見て言った。「ねえ、私たち、あの女の部屋に入って、例のブローチを探してみるだけだから」

「そ、そうですか？　じゃ、まあいいでしょう。鍵を貸しましょう。でも、ここで借りたなんて、だれにも言わないでくださいよ」

私たちは他言しないことを約束すると、鍵を手にローリーの部屋に急いで戻った。作戦を立てるのだ。相談の結果、もう一人仲間が必要だということになった。でも、どこで鍵を手に入れたか、それは内緒だ。

仲間に選んだのは、コーラ・ハンターだった。彼女は信頼できるし、進んで協力してくれるはずだ。事実、私たちの予想どおり、ためらうことなく引き受けてくれた。

「ねえ、コーラ。アンジェラを日曜コンサートに誘い出してほしいのだけど」

「何のコンサートなの？」

「チャールストン交響楽団の弦楽四重奏団が、メソジスト教会で演奏することになっているの。切符を二枚用意するから、なんとかアンジェラを説得して、連れ出してよ」

「それって、やれると思うわ」とコーラは言って、そのとおり実行した。

土曜日になると、アンジェラは風邪が治って、ダイニング・ルームに顔を出した。コーラからの誘いが嬉しそうだった。実のところ、アンジェラは入所者からいろいろな招待を受けていた。それも、特に最近になってのことだった。

日曜日、アンジェラとコーラが教会に出掛けたことを知ると、私たちは行動を開始した。アンジェラの部屋に忍び込んだのは、入所者たちが日曜日のディナーを食べすぎて、うつらうつらしている時間帯だった。

これは信じてもらえないかもしれないが、私は数秒間目を閉じて、神様に〈この行為を祝福してください〉とお願いした。〈罪を許してください〉ではなくて、〈ダイヤとサファイアのピンを見つけさせてください〉って。〈必要なんです、神様、とっても〉

私たちは部屋のドアに鍵をかけると、まず化粧台と整理たんすから探し始めた。引き出しを開け、入っているものを慎重に取り出す。次に、私は大きなクローゼットに向かった。スーツとドレスを一着ずつ外し、インチ単位でチェックした。ひょっとすると、ピンが落ちて、服の折り目に入り込んだり、ポケットの中に滑り落ちている可能性がある。次は衣服をベッドの上に並べて調べた。ちゃんと戻せるように、順番に並べてだ。ベッドはすぐに服の山になった。驚いたのなんのって。アンジェラは衣装たんすまで持ってきていたのだから。

こんなに腹を立てていなかったら、アンジェラのセンスの良さは褒めてあげたいぐらいだった。実のところ、私が考えたのは、アーサー夫婦だったら、アンジェラの二着か三着の洋服代があれば、数週間は生活できるだろうということだった。

豪華なオペラ・スーツを持ち上げてみたら、スカートは薄紫色の絹製で、ブラウスは薄紫色のちりめん、上着は花柄のシフォンで、濃い紫色だった。

「ちょっと、ローリー。彼女、こんなものを着て、どこに出掛けていくつもりだったのかしらね？」

「あら」と、ローリーは私の方を向いて言った。「新入りさんの歓迎会で、それを着ていたわ。もちろん、見せびらかすためよ！」

突然、私の手に何か尖った物が当たった。柔らかいシフォンの上着の折れた襟の部分だった。ブローチがあった！

「ローリー！」私は大声を出した。「ねえ、見て！」

たしかに見事な宝石だった。二人とも長い間、見とれていた。が、やがてお互いの顔を見つめた。考えたことは同じだったのだ。〈これからどうするの？〉これまではブローチを見つけることしか考えていなかった。見つけたらどうするか、それまでは考えていなかったのだ。

やった行為は不法侵入だ。部屋に入る権利はまったくない。侵入の痕跡を消さなければならないし、同時に、ブローチが見つかったことを明らかにしなければならない。

「まあ、片づけながら考えましょうよ」と、ローリーは言った。それもそうだ。「でも、ハティー。あとはどうでもいいわ……。見つけられてよかった。どんな顔をするかしらね、あの女。このままナイト・テーブルに乗せておいたら、見つけてびっくりするかもね」

「それはだめよ。そんなことをしたら、だれかが部屋に入ったことがばれてしまうわ。今はすべてを元どおりにすること。ブローチもスーツのあったところに戻すの。それから、それからどうするか……。何か方法を考えるわ」

私は夜もほとんど寝ないで考えたあげく、一つの策を思いついた。翌日、ローリーに説明すると、彼女も了解してくれた。アンジェラの部屋の鍵を営繕係長のフレッドに返して、お礼を言った。ついでに、「あとでいいニュースがあるわよ」と教えた。次に、図書委員会の委員長に電話をかけ、作戦実行の下準備をすませた。あとはアンジェラの部屋を訪問することだった。

アンジェラは私の顔を見てびっくりしたようだったが、訪問の理由を知ると、実に愛想がよくなった。私が彼女に言ったのは、〈新しい本を買うお金を集めるために、図書委員会のメンバー数人がファッションショーを企画している〉ということだった。まだ最終的に決まったわけではないが、もしそうなったら、アンジェラが持っている高級な服を何着か着て、モデルになってもらえないだろうか、と。

「あらまあ。それは喜んで！（これは、私たちには最初から分かっていたことだ）注文していた外出用のドレスが届いたところだったの。ブティック特製で、最高級品よ。お見せするわね」

たしかに最高級だった。ジョーゼット地のドレスで、裾には真珠が縫い付けてある。一体全体、こんなものを着て、どこに出掛けるつもりなんだろうかと、私は思った。

「上品だわね。でも、あと二着は必要かしら。この前、素敵な服をお召しだったとか聞いたけど。オペラ・スーツって呼ぶのかしら。歓迎会の席でね。その服はどうなの？」

「うん、そうね……。あの藤色のスーツね。気づいてくれた人がいたなんて、嬉しいわ。どこにしまったのかしら……」

アンジェラはオペラ・スーツを見つけると、ベッドに乗せた。ブローチは襟の折れたところに隠れていて、外からは見えない。**ここは焦らないこと！**

「じゃあ、もう一着ね」と、私が言うと、次は船旅用の紺と白の服を選ぶことになった。

「この二つは改まりすぎているから、もっとカジュアルなものがいいわね。さあ、どれが一番いいかしら」と、私は思い切って言った。

私は配達されたばかりだという外出用のドレスを手に取ると、丹念に品定めをした。次に手にしたのは、例のオペラ・スーツだった。少し振ると、ブローチが姿を現した。

「あらまあ！　これ！」

「あらまあ、どうして。私のブローチじゃないの」こう言ったアンジェラは呆然としている。

「信じられないわ。このクローゼットもちゃんと見たのに……」

「そりゃそうよね」私はできるだけ冷静に言った。「見逃したとしても、無理はないわ。こんなところに隠れてしまったら。でも、謎が解けたわね」

「まあね」と、アンジェラは、合点が行かないように答えた。良心の痛みを感じているのが見てとれて、私は清々した気分だった。

「すぐに教えてやりたいでしょう？　デトウィラーさんにも、アーサーにも……」と、私は言った。

「ええ……。でも、あなたが私の代わりに伝えてくれないかしら……」

そういうアンジェラの声は、いつになく穏やかだった。

「いいわよ。グッド・ニュースですからね。あなたは会社に電話をしたらどう？　だれか人がやって来るんでしょう？」

「そう、そう。すぐに電話をするわ。ファッションショーが決まったら、教えて頂戴よ」

「分かった。賛成してくれる図書委員がまだ二人必要だから、確定じゃないけど、開催できたらいいわね。じゃ、また……。おめでとう、宝物が見つかって！」

アンジェラは弱々しく微笑んで、私を送り出した。私は登山者のように〈ヤッホー〉と叫びたい気持ちだった。そして、アンジェラはアーサーに自分から謝るだけの礼儀を心得ているだろうかと思った。

二月二十八日

管理事務室に行くと、入所者全員の誕生日が一覧表にしてある。それで、アンジェラの誕生日が近づいてくるのに気づいた人がいた。アンジェラは自分の年齢が話題になると、完全に口を閉じてしまう。大学を卒業した年とか、ともかく自分の年齢が分かるようなものが話題になると、貝のようになる。ところが、コーラがコロンビア市在住の友人を通じて情報を入手したのだ。次の誕生日で、彼女は八十歳になるらしい。

アーサー事件があってからアンジェラは有名になって、〈八十歳の誕生日おめでとう〉というカードを大量に送ってやろうという企てが進行していた。しかし、この企ては頓挫（とんざ）した。誕生日の数日前に、アンジェラがカリブ海クルーズに出掛けてしまったのだ。仮に彼女が九十歳代に向かい始めたことを祝う会が開かれるとしても、それは公海上でのことだった。

クルーズに出掛ける前のアンジェラは、少しおとなしかった。私は、ひょっとすると、アンジェラが好きになれるかもしれないと思い始めていたが、クルーズから帰ってきた彼女は元の姿に戻っていた。自分勝手に振る舞い、ほかの人たちにはいささか軽蔑的に接する。

施設の入所者のほとんどが温厚で、寛大で、親切で、〈上品ぶらない〉ので、アンジェラ一人だけが浮いていた。彼女がオーガスタ市にある施設に引っ越すと決めても、ただの一人、涙を流す人はいなかった。今度入る施設は〈もっと快適〉な所らしい。彼女の送別会はまったく開かれなかった。

アーサーにも笑顔が戻ってきた。ローリーも同じ。またアーサーから読み方の勉強を頼まれたからだ。施設の生活もアンジェラが入ってくる前の状態に戻った。主を称えよ。

第四章

葛（くず）に占拠された家

六月二日

随分長い間、日記を書くことができなかった。三月の初めごろ、施設内で小規模だがインフルエンザがはやって、私も感染した。回復したと思ったら、またぶり返して、「もう悲劇もそろそろ終わりにしてよ」という気分だった。インフルエンザにかかって唯一よかったことは、本当の友人がだれであるかが分かり、その友人たちが私のことを心底心配してくれているのが分かったことだ。また同時に、施設の看護師たちの優秀さも分かった。

何週間もタイプライターのそばまで歩いていく気力が出なかったし、メモをする習慣も守れなかった。それには大変なエネルギーが必要だからだ。そうか、ビタミン剤を摂ればよかったのか！　ああ、春の季節を無為に過ごしてしまったわ。

でも、今はもう夏。体調は日ごとに回復している（きっとビタミンB12のアンプルを飲んだのが効いたのだ）。それはそうと、施設での出来事を記録するという自分で決めたことを、もっと忠実に実行しなければいけない。ちなみに、入所者が日毎に、みんな公平な存在に思えてくる。生きる力って本当に湧いてくるものなのだ。この年齢になっても。

六月十日

先週、牧師が説教にやってきた。テーマは〈悲しみにどう対処するか〉で、連続企画だった。第一回目の説教が終わると、参加者はほんの数えるほどに減った。牧師はまだ若い男性で、むしろ私たちのほうが、彼に悲しみに対処する方法を、それも大学院レベルで語ってやれるほどだった。

私たちは、だれかが演壇に上がって、こちらを見下ろすような態度で話すのを嫌う。それは子ども扱いというものだ。いかにも、こう言っているようではないか。〈かわいそうなお年寄りの皆さん。最後の足取りがつらいのは存じています。でも、まあ、まあ。何か楽しいことを見つけてあげますよ。笑顔で夕陽に向かって歩いて行けるようにね〉

バカにしないでよ。バカにするんじゃないわよ、本当に。私たちが聞きたいのは、元気が出る話なのだ。私たちの心のエンジンの回転数を上げてくれるような話。私たちのエンジンはまだ動いているんですからね。よく覚えておいてよ。

最近、また別の牧師が説教にやってきた。この牧師は〈一話一題〉形式の説教をする人だ（私はこの形式が好きだ。テーマは一つだけ。一つだけなら、私たちだって覚えられる。多分……）。この牧師はテキストとして『ロマ書』の第八章を選んだ。第八章は聖書でも一番力強くて、勇気を与えてくれて、そして心を落ち着かせるところなのだそうだ。牧師は最後に、ほとんどの電話帳では、ページの初めに消防署、警察署、そして救急車の連絡先が載せてあることを引き合いにして、こう言った。

「どうかみなさんは、心に刻んでおいてください。いいですか。もし個人的な、あるいは精神的な緊急事態が起こったときには、ロマ書の第二章二十八節に電話するんですよ。私たちは知っています。神を愛する人たち、すなわち、神のご計画に従って召された人たちのためには、神がすべてのことを働かせて、益としてくださることを」

六月十三日

最近のスカートの流行は、超ロングか、逆に大胆なほどショートだ。ショートスカートはどこまでショートになるのだろうか。どこかで限界があるのだろうか。

近い将来、子どもたちはこう言うのだろうか。〈母の膝〉じゃなくて、〈母のまる出しの膝〉の上で覚えたって。やれやれ、困ったことだ。
おかげでパンティストッキングには不当の圧力がかかっているのではないだろうか。だって、実質的に公然わいせつ罪になるところを阻止しなきゃならないのだから。それで、こんな二行詩を作った。

服代なんか　心配することは　なくなるわよ
ミニスカートを　一インチ幾らで　売るならね

六月十六日
たまに私は、ダイニング・ルームから急ぎ足で自分の部屋に戻ると、鉛筆とメモ帳を慌てて手にすることがある。〈たまたま耳にしたこと〉が忘却の彼方に消えてしまわないうちに、急いで書き記しておくためだ。注意力と記憶力の指数が、ここ二、三年で、悲しいぐらいに低下してしまった。今日は部屋に戻るのが間に合ってよかった。ガスタ・バートンが語った秀逸の話を書き留めることができた（彼女と同じテーブルで食事をするのは、数か月ぶりだった）。

ガスタは夕食の直前に郵便物が来ているかを確かめに行く。そして食事をしながら、自分の医療保険のことや、喜劇俳優のエド・マクマホンとの楽しい手紙交換、掛かり付けの歯科医からの通知、地元の教会の行事などを話してくれる。彼女には地元の教会からミサの式次第や会報を送ってくるそうだが、これはいいことだ。

今日、ガスタは子息から届いた手紙を開封したのだが、開封した途端に怒って、スプーンを落としてしまった。

「なんてことを！　息子ったら、家の裏にある一エーカーの土地をたった五百ドルで売ってしまったの。安すぎるわよ。だって、とっても広〜い一エーカーだったのに！」

六月二十一日

いまだに信じられないことがある。もう一人の〈収容仲間〉と私と男性二人、合計四人が、昨日、夕食をすませてから、連れだって散歩に出掛けたのだ。いろいろな制約がある施設では、これは小さな冒険みたいなものだった。

施設に入所している男性は少ないのだが、まだ心神喪失でもなく、歩行器に頼らずに杖一本で数ブロックは歩ける男やもめが、二人いる。ルシアス・グローバーとシドニー・メットカーフだ。この日、二人はテラスの椅子に座り、ひき割りトウモロコシとコーンビーフをゆっくり食べていた。ちょうどそこにクリスティン・サマーズと私が、夕方のテレビニュースが始まる前、新鮮な外の空気を吸おうと出て行ったのだ（ところで、施設で夕食を食べるのは、まだ真昼のように思える時間帯だ。とりわけ今は夏時間が採用されている時期なので、夕方でもまだ太陽が高いところにあるという、そんな印象だ）。

それはそうと、ルシアスがこう言った。「ねえ、お二人さん。シドと相談していたんだよ。この〈刑務所〉の入り口あたりに植えてあるクチナシの様子でも見に、ちょっと出掛けてみようかってね。あんたたちも一緒にどうだい？」

こちらも夫を亡くして、孤独な境遇にある身の上だ。もし二人の男性が〈毒ヅタの生い茂っている溝（どぶ）を見に行かないか〉と誘っても、私たちは喜んでオーケーしただろう。

私たち四人は施設の正門を目指して歩いていった。クチナシが豪華に咲き競っていた。それをじっくり鑑賞して、引き返そうとしていたら、シドが「実は、向こうの森に続いている道があって、そこを一度探検してみたいなあと思っていたんだが、だれか一緒に行ってみるかね？」と言った。

私たちは顔を見合わせ、ウンとうなずいた。

ルシアスは言った。「まだこんなに明るいんだもの。行かない手はないよな。ただ、ジニーバ・ティンケンにだけは見られないように気をつけよう。彼女は車椅子を制限速度オーバーで走らせて、噂をまき散らすからな。この四人が駆け落ちしたとか、いや、もっとひどい噂だって流すよ」

これにはただ笑うしかなかった。たしかにジニーバという女性が〈いの一番〉に考えるのは、騒ぎを起こして、他人の評価を落とすことだ。

私たちが入所している施設のフェア・エーカーズは、ドレイトン市の外れにある。街の区画道路は施設に着くまでに途絶えてしまう。だから施設の正面のゲートを出ると、左に折れて、未舗装の道路を歩いて行くことになった。

「去年の冬、木の葉がほとんど落ちてしまったころだったよ。この近くで、ちらっと家のような物が見えたんだ。掘っ立て小屋で、わざわざ行ってみるだけの値打ちもないかもしれないけど、どうも気になってね。なんというか、ずっと頭から離れないんだ。それで、それをちゃんと見てみたいんだ」

数分もすると、その家のある場所に出た。道路から五十フィート（約十五メートル）ほど引っ込んでいる。柵で囲ってあるが、柵はもうぼろぼろになっている。私たちは足を止めて、じっと見つめていた。信じられないという顔をして。

「おれは犬になれるよな。こんなもの、見たことがあるかい？」と、ルシアスが言った。

家は〈南部の毒〉と呼ばれる葛の蔓に完全に覆われていた。生い茂った葛の葉に隠れて、小さな家の形もはっきりと分からない。葛は家を覆っているだけではなくて、むさぼり食っているようだった。

私たちは立ち竦んでいた。クリスティンが言った。「これ以上、近づきたくないわ。なんだか気味が悪いもの」

背の高い樹木の影が一層暗く落ちている。不気味な光景だ。どうやら蔓は松の木々をほぼ覆いつくすと、まず庭先から階段まで達し、次にポーチ、次に壁、そして無人の家の屋根まで覆ってしまったようだ。蔓は緑色のたくましい腕で家全体を強くつかんでいるように見える。

「ちょっと中をのぞいてくるよ。中まで入り込んでいるのかな」と、シドニーが言った。ルシアスも彼に続いた。二人とも、階段からポーチまで生い茂った蔓に足を取られてよろめき、お互いを支えあっていた。二人は窓を覆っていた黒い蔓を杖でかき分け、家の中をのぞいた。シドニーが頭上に伸びていた蔓を一本引っぱった。すると少し空間が出来て、かつては白く塗られていた派手な飾りの窓枠が姿を現した。ちょうどポーチの屋根の真下の部分だ。どうやら二階には明かり取りの窓が三つあるようだ。

私はこわごわポーチまで歩いて行って、からんでいた蔓を引っ張ってみた。引きちぎることはできなかった。しかし葉っぱを何枚かむしり取ると、おしゃれな紡錘状の装飾が施されたポーチの手すりが少しのぞいた。

私たち四人はゆっくりした歩調で施設に帰っていった。風変わりなビクトリア朝風の家が、どうしてあんな廃墟になってしまったのだろうか。そしてクリスティン流に言えば、どうして「木を食べつくし、家を食べつくす邪悪な怪獣」に乗っ取られてしまったのだろうか。頭の中は大きな謎でいっぱいだった。

「そういえば、思い出したよ。葛(くず)は七十五年前に日本から持ち込まれたんだってさ。ポーチに這(は)わせる蔓草(つるくさ)として」と、シドニーが言った。

「頭が良かったんだな」とルシアスが言って、笑った。「ワシントンのお偉方が〈これはいい〉と思いついたんだろう。一つ知っていることがある。あの蔓(つる)は成長の度合いが目で確かめられるんだ。昔、こんなことを言った人がいたよ。〈葛(くず)とヤンキーが南部を支配したんだ〉とね。どうやら本当だったらしいな」

「あの家、なんとかならないかしらね」と、私は尋ねた。「私、地元で保存協会に入っていたの。歴史的な価値や、建築物としての価値があるものがあれば、保存を働きかけたわ。町が二軒の家を取り崩そうとしていたのをやめさせ、最終的には、移築して、売りに出した」

「そりゃすごい。南部の夜明けだ。それで、あの家の所有者はだれなんだろうな。どうしたら見つかるかね？」

昨晩、私はベッドに横になって〈葛の館〉のことを考えていた。〈葛の館〉って、なんて不愉快な名前だろう。ビーチハウスに付けられている安っぽい名前のようではないか。現に〈ちょっと待ってね〉とか、〈露の滴の館〉とか、そんな下品な名前があるでしょうが……。よし、こうなったら、あの家にどんな歴史があるか、一つ調べてやりましょう。

今日、そのあとのことだった。

ポールとカーティスが夕食のあと、いつもの《漫才》を始めた。私は窓際の近くに〈見つからないように〉座っていたのだが、声を出して笑ってしまいそうだった。今日は大変な一日だった。サリー・ピューは下の義歯を失くして、同じ棟の入所者全員で探す騒動になった。最後の手段として、彼女のベッドを外してみたら、義歯はシーツの間に挟まっていた。でももうそのときには、サリーは体を震わせ、泣き通しだった。

私自身も、素晴らしい作家ジェームズ・ヒルトンが書いた文を読んで、悲しい気分になっていた。ヒルトンは『失われた地平線』と『チップス先生さようなら』を世に出してくれた作家である。『失われた地平線』を読み直していると、大ラマが、英国の領事だったヒュー・コンウェイに語るくだりになった。ラマはこう言う。

あなたの人生のこれまでの四半世紀は、間違いなく、物事を理解するには若すぎるという〈若き雲〉に覆われていただろう。しかるに、これからの四半世紀は、普通なら、物事を理解するには老い過ぎるという、一層暗い〈老いの雲〉に覆われることになるだろう。この二つの暗雲の隙間から、実にかすかな細い陽の光が人の一生に射してくるのだ！　……〈人生は〉細くて、息をするのも苦しい、ドタバタの幕間劇なのさ。

私はこれを読んで、思いを巡らしていた。ここ数年、私の幕間の人生はいかにも細くて、息苦しかった。それにドタバタも数多くあった。だからこの文を読んで、悲しい気分になっていた。それでポールとカーティス、この二人の陽気な男性の会話を聞いていると、気分が明るくなった。ポールがクスクスと含み笑いをするのが聞こえた。

「何で笑っているんだよ？」

「ちょっと耳にしたことを思い出していたんだよ。ジョーとエドがさ、カフェで朝飯を食っていたんだって。エドはジョーの耳がなんか変なことに気づいて、言ったそうだ。〈ジョー、お前、左の耳に座薬が入っているが、自分でもちゃんと分かっているんだろうな？〉って。

「〈えっ？　座薬が？〉ジョーはこう言って、耳に入れていた物を取り出した。そして、それをしげしげと見て言ったんだと。〈エド、見つけてくれてありがとう。これで補聴器をどこに、どうしたのか、ちゃんと分かったよ〉」

わあ〜い、座布団三枚だ！　私の母は、もし二人のこんなやりとりを聞いたら、どう思っただろうか。たぶん何の反応も示さなかっただろう。第一、なんの話か理解できなかっただろう。仮に万分の一の可能性で理解できたとしても、今度は、実の娘がこんな話を口にするのが信じられなかっただろう。たとえ個人の日記での記述だとしても。これは困ったものだ。

六月二十二日

夕食が終わると、ルシアスが私のテーブルにやってきて、こう言った。「話があるんだ。食事が終わったら、パテイオに来てよ」私がうなずくと、彼はその場を離れた。七組の目が私に注がれているのが感じられた。一組はジニーバ・ティンケンの目で、その目つきは明らかに、また、それを期待するかのように、「今の、見た？　あれ、逢引かしら？」と、言っていた。ああ、下らない。

私がパテイオに行くと、ほかの三人の共謀者はすでにひそひそと話し合っていた。（私たちはあの家の発見を当分の間、四人だけの秘密にしておくことに決めていたのだが）ルシアスが言うには、施設の営繕係に掛け合った結果、土曜日の朝、二人の職員が〈職務外の仕事〉をしてくれることになったそうだ。「職員に言ったんだよ。梯子とワイヤーカッター、そして山刀を用意して来いって。彼ら、もう、興味津々だよ……。どうだね、あんたたち女性陣も一緒に行くかね？」

「行くわ」と、私は答えた。そしてクリスティンの顔を見つめた。彼女はうなずいたが、こんなことを言った。「それって、不法侵入じゃないのかしらね。ハティー、何か分かったことがあるの？」

私は首を横に振った。実は三人には、ドレイトン市に住んでいる友人のアメリア・イーズリーに電話をかけて、あの家の持ち主を突きとめてもらうと、私は話していた。アメリアは私の大学時代のルームメイトだったルーシー・ファーマンの娘で、ドレイトン生まれのドレイトン育ちだが、今はアッシュビルに住んでいる。「アメリアと家族は休暇で、ヒルトン・ヘッド・ホテルに出掛けているし、ほかに電話する人がいなかったの……。弁護士にでも電話をしたほうがいいかしらね？」

「それはまだいいよ。家の中に入るわけじゃないから」とルシアスは言って、頭を掻いた。「かわいい家が浸蝕されるのを防いでやろうとしているんだ。だれからも非難されることはないと思うがね……」

「そのとおりだ」と、シドニーが言った。「からんでいる蔓を引き離すだけだ。二、三時間もあれば片付くさ」

六月二十五日

シドニーの計算は甘かった。間違いなく彼は、これまで葛という植物と身近に接した経験がなかったのだ。

施設の職員のヒューとリンドバーグは、厳しい暑さの中、午前中ずっと、まるで農家の人間のように働いてくれた。ルシアスとシドニーも、そしてクリスティンと私も、少しだけだが手伝った。それでも、蔓を引っ張ったり引き抜いたり、そして切り取るのは、ほとんどヒューとリンドバーグ二人の仕事だった。葛は頑固な植物かって？　あんなに扱いにくいのは見たことがなかった。窓のブラインドにも、ポーチの板と板の隙間にも、土台の煉瓦の中から外まで、蔓が頑固に絡んでいた。

私は裏口の階段を注意深く上っていった。私たちの施設には〈転落女たちの館〉という異名が付いているのだが、これにはそれだけの理由がある。毎日のように入所者のだれかが、そう、多くは女性が、階段で転んで、ほとんどの場合、骨折してしまう。だから施設内を歩くときには、両側に卵が並べてある道でも歩くかのように、用心深く歩く方法を、私はいつのまにか覚えていた。この家の階段の手すりに絡んでいる蔓は引き離せそうだったが、複雑に絡み合っていて、階段を一段も上れなかった。手前に引いても、上方向に引いても、まったく成果なしだった。

「私がやりましょう。かなり頑固ですよ」と、リンドバーグが言ってくれた。

「参ったなあ。女性方がいなければ、汚い言葉を使いたいところだよ」とヒューは言って、袖で顔の汗をぬぐい、窓のブラインドの羽根板に絡みついていた太い蔓を力いっぱいに引っ張った。そしてもう一度引っ張ると、シャッターが窓から外れてしまった。

「すごいな、それって。見てみなよ。おい、ヒュー、あんたに言ってるんだぜ。蔦はそんなふうにはびこっていくんだ。なんだか、生きているみたいじゃないか」

「生きていますよ。ちゃんと伸びてきたんだから」と、リンドバーグは笑って言った。

「そんな意味で言ってるんじゃないよ」と、ヒューは答えた。それから私の顔を見た。私には彼の真意が理解できた。つまり、葛は邪悪な魂胆を持っているようだと言いたいのだ。繁殖力が旺盛で、どこにでも勢力を伸ばそうとするこの植物は。私は手に持っていた葛の葉をながめ、投げ捨てた。この憎むべきカズラめが！

「一休みしましょうよ」と、私は大きな声でみんなに言った。

私は事前に施設の厨房でプレストン夫人に頼んで、魔法瓶にアイスティーを入れてもらい、サンドイッチを十個作ってもらっていた。プレストン夫人はとても親切で、理由など尋ねはしなかった。紙コップと皿も持ってきていたので、みんなで奇麗になった階段に腰を下ろして、味わった。クリスティン、シドニー、そしてルシアスの三人は、私と同じくらい疲れ切っていたが、実のところ、三人はそんなに働いていなかった。

「もう今日は終わりにしたら?」と、私はだれに言うとなく言った。

「冗談じゃないよ、ハティー。あと一時間もすれば終わるよ。そうだよな?」と、ルシアスは応援に駆り出された二人の若者に向かって言った。

「多分ね。ありがたいことに、屋根はトタン葺きで、シングル葺きじゃない。よし、ヒュー、梯子を持ってきてくれ」と、リンドバーグが言った。

屋根で一番時間がかかったのは、明り取りの窓だった。だって、三つもあったのだから。立って見ていると、明り取りの窓が緑の墓場から徐々に姿を現してきた。

「ねえ。変だけど、なんだか窓が微笑んでいるような気がするわ」と、私はシドニーに言った。

シドニーは同じ思いで笑った。「なんだか、朝よりも、家が喜んでいるようだな」

「そうでなくっちゃね」と私は言って、けばけばしい色をした手すりの縁と、洒落た紡錘状の飾り、広い表玄関、そして十二枚のガラスが入った窓に目をやった。古すぎて、波のように反ってしまったガラスもある。「家が生き返ったわね……。シドニー、私たちって、不法侵入しているの?」

「現実にそうだろうし、法的にもそうだろうよ。だが、道徳的にはそうじゃない。ルシアスが言うように、屋敷が〈浸蝕〉されるのを黙って見ているよりはましさ。家の中に押し入るわけでもなければ、何かを盗むわけでもない。有害な葛を始末しているだけだよ」

「できるだけ早く持ち主を探すわ」と、私は約束した。

取り除いた蔓が庭の数か所に山のように積み上げてあった。それを火で燃やそうかという案も出たが、それはやめた。ルシアスが二人の若者に日当を払い、くれぐれも他言しないようにと念を押した。施設に帰る私たちは疲労こんぱいしていた。

「ルシアス、私が分担するお金、ハンドバッグを開くだけの元気が戻ったら、すぐ払うわね。フーッ。体がよろよろするわ。もう歳だから、人助けをしようとしても無理ね」と、私は言った。

「みんなそうよ!」クリスティンが同調して言った。

ドレイトンの町外れに新しいスーパーができていて、そこは施設からそう離れていない。だからときたま、私はソフトドリンクやスナック菓子のまとめ買いに出掛ける。出掛けるのは元気があるとき。つまり、カートを押して広い店内を動き回れると思える、そんな日だけだ。

これは聞いた話だ。入所者のオースティン・クレイバーはこのスーパーに行ったが、買いたいものがなかなか見つけられず、ついに我慢できなくなった。オースティンは大柄で、礼儀正しく、素晴らしいバリトンの声の持ち主だ。教会の合唱団で楽しく歌っている。そのオースティンが〈ピグリー・ウイッグリー〉というスーパーに行ったのだが、突然カートを押すのをやめて、バリトンの声を張り上げて叫んだという。

「ポテトチップはどこにあるんだよ?」

この作戦は大成功。すぐに助けが入って、店中あちこちから人が寄ってきたのだそうだ。

それにしても、私が懐かしいと思うのは、昔あった中規模のお店だ。〈○○商店〉とか〈○○八百屋〉、あるいは〈○○雑貨店〉などと呼ばれていた店だ。みなさんの両親も利用されていたのではないだろうか。何々を買いたいと言えば、店員が品物をすぐに快く持ってきてくれた。

もっとよかったのは、電話で注文ができたころだ。〈家を留守にするから、冷蔵庫に食料品を入れてくれるようにジェイソンに頼んでちょうだい〉と言えば、月末に請求書が届いて、小切手を郵送するだけで事足りた。レジに行ったら六人も前に並んでいて、クレジットで払う人、割引券を使う人、証明の必要な小切手を使う人、あるいは現金が足りない人、そんな人がいて、イライラして待つこともなかった。ああ、懐かしい。あの時代は本当によかった。

第五章

アーサーのニュース

六月二十八日

声を出して笑えるって、ありがたいことだ。どんなタイプの施設であっても、老人ホームでの生活はとてもつらいものだと思う。もしも慈悲深い神様が人の心の中にほっとするようなものを用意してくれなかったなら、そう、ユーモアのセンスを与えてくれなかったなら、つらいものだ。

ユーモアがないと、時間の大半を恐怖や不安、あるいは悲しみで過ごすことになるだろう。短い人生に終点があることは分かっている。それも謎だが、怖いのはそこに至るまでのさまざまな危険だ。例えば、だれかさんのように心臓病にかかってしまうのではないだろうか。そうなれば、死ぬまで口をだらしなく開けたままだし、言葉がちゃんと話せなくて、悲しいほどいらいらすることになる。あるいは骨粗しょう症で、あるいは転倒して、身体の自由を失うことになるかもしれない。事実、この施設の車椅子部隊の大半がそうなのだから。
悲しいことに、老化はだれにも現れてくる。「気づいた？　あの人、老化してきたわね」という言葉は、毎日のように耳にする。私は〈老化する〉という表現が嫌いになった。知り合った人たちに、精神面や身体面で、遅いとか速いとか、衰えの兆候を見てしまう。これは気分的にいらだたしいことだ。それに抵抗したい。なんとかしたい。そう思うけれど、どうにもならない。

こういう境遇にいるのだから、クスクス、ゲラゲラ笑うチャンスがあれば、当然のことだが、それを絶対に逃さない。申し訳ないことだけど、たとえある人を出しにすることになっても、そうする。

例えばジェリー・モッシマンという男性は、善良で、物静かで、優しい男性だ。奥さんを亡くしているが、だれにも迷惑をかけたことがない。その彼が手術を受けることになった。手術は病院で行われたが、二日後、療養するために施設の診療所に移された。まだ若くて経験に乏しい担当医は、手術の性質上、ジェリーにはホルモン投与が必要と判断して、そのような処方をした。

それでございますよ、あなたさま（これは私の祖母の口癖で、相手が男性でも女性でも同じだった）。数日すると、衰弱していたジェリーの肉体にホルモン療法の影響が出てきたのでございます。そう、ホルモンが暴れ始めたのでございますよ。

ジェリーが身に着けていたのは、古いナイトシャツだけだった。丈が膝まであって、両側にスリットが入れてある。奥さんの手製で、縫い方も丁寧だし、ゆったりしていた。

それでございますよ、あなたさま。小柄なジェリーがナイトシャツをひらひらさせながら廊下を走り、女性看護師を追いまわし始めたのでございます。治療室で追いつくことがあろうものなら、さあ大変、手を出そうとするのでございます。看護師は一目散に逃げ出すしかありません。「だれか捕まえて！　ベッドに連れ戻して！」と、大声で助けを求める始末でございます。

かわいそうなジェリー。これは気の毒な話で、本当は笑ってはいけなかったのだが、やっぱり笑ってしまった。担当の医師は、即座にホルモン療法を中止した。

ジェリー本人には、どうしてそんなことになったのか、知らないままでいてもらいたいし、何も覚えていないことを望むが、それにしても私たちに愉快な話題を提供してくれたものだ。神を称えよ！

七月三日

ロビーを抜けようと歩いていくと、鏡の下のテーブルに生け花が飾ってあって、見とれてしまった。施設のハウスキーパーはまるで魔法使いで、数枚の金柑の葉っぱと、たくさんの菊の花を見事にアレンジしている。私は新しい赤紫色のニットのツーピースを着ていて上機嫌だった。ところが突然、だみ声が聞こえてきた。「ちょっと、ハティー。スカートの前を下しなさいよ！」

声をかけてくれたのはジニーバ・ティンケンで、彼女はラウンジの椅子に座っていた。

私は自分の姿を鏡に映してみた。案の定、また〈うっかり病〉をやってしまったのだ。ニットスカートの前がまくれ上がり、お尻のほうが下がっている。なんてだらしない恰好だろう。前が三インチ長いスカートをアパレルメーカーが売り出したら、きっと大儲けできるだろう。〈うっかり病の女性〉向けに。それと、もう一つ。年配の女性向けの服は、全部、袖を長くしたほうがいい。ほとんどと言ってもいいくらい、腕の皮膚が、まるで貝柱のように、垂れ下がっているからだ。

私はスカートの前をぐいっと引きおろすと、ジニーバにはお礼も言わないで歩き去った。冗談好きのポールの秀逸の詩を思い出して、とてもおかしかった。〈あんたは　臭い　嫌われもん〉

七月五日

私って、すごくないだろうか。なんと技術革新の仲間入りをして、ワープロを買ったのだ。その初仕事に、ヘンリエッタ宛の手紙を打ってみた。これがそのコピーだ。

親愛なるヘンリエッタへ

ねえ、聞いて。私、ワープロを買ったのよ！　初仕事がこの手紙。でも、戸惑うことだらけ。例えば、アポストロフィー記号の位置がタイプライターとは違うの！（キーボードは絶対変わらないものと思っていたのに、そうじゃないのよ）これを書きながらも、キーを打ち間違えたらどうしよう、印刷しないうちにスクリーンから消えてしまったらどうしようと、不安でたまらないの。フーッ！

娘のナンシーと孫のトリカがワープロを買うように勧めてくれたの。先週、面会に来たとき、〈施設での生活をメモ書きしたのを読んで聞かせて〉と言ったので、読んでやったら、笑って、褒めてくれた。そして、〈絶対に（ワープロって、こんなふうに、太字でも書けるの。斜体はどうするのか、まだ知らないけど）、日記をつけるなら、もっと奇麗にしたほうがいい〉って言うの。翌日、ワープロを売っている店に連れて行ってくれた。（ありがたいことに、値段が安くなっているのね）

ワープロという機器のいいところは、間違いを修正できることよ。消しゴムの屑も残らないし、修正液も要らない。間違える数でいうと、減って、大助かりだわ。願うのは、ワープロがその名前のとおりに働いてくれて、自動的に言葉をプロセス、つまり処理してくれることね。私が頭で考えていることを整然と論理的に言葉にしてくれて、キーを押すと、それがスクリーンンンンン……。　あら、大変、まただわ。このたくさんのン、わざと残しておくわね。緊張してキーを強く押すと、こんなふうに連続文字になるんだってことを知ってもらうためよ。ワープロを打つには、蝶のように柔らかいタッチが必要なの。

最近、ちょっとした冒険、そう〈謎の廃屋〉を冒険したのよ。もし書いたものが届いたら、是非読んでちょうだい。近日公開を願って。

愛を込めて
ハティー

七月七日

アメリア・イーズリーに何度か電話をかけたけど通じなくて、今日ようやく話をすることができた。彼女はヒルトン・ヘッド・ホテルに泊まりに行っていて、楽しかったそうだ。

「いつ来てくれるの。こんどはそっちが来る番よ」と、アメリアは言った。

「分かってるわ。でも、今、車を修理に出しているの。終わったらすぐにね。それはそうと、ちょっと尋ねたいことがあるのよ」

私は葛(くず)の館(やかた)のことを話して、その魅力的な家を保存したいと思っているのだと伝えた。それで、あの家の持ち主を知っているかと尋ねると、知っているようにも思うが、確実ではないという返事だった。そして、調べてまた連絡すると言ってくれた。彼女も興味を持ったようだ。

ところで、もう一つ思いがけないことが起こってしまい、今、それで私も悩んでいる。あの優しいアーサー・プリーストにかかわることだ。目立ちがり屋のアンジェラ・プライアーが施設からいなくなると、アーサーは元の礼儀正しい、愛想のよい、頼れる青年に戻っていた。ところが今日、私の生ごみ処理機がちゃんと動かないのを調べに来てくれたときは無言で、不機嫌だったのだ。アーサーは故障の原因を突き止めて修理をすると、仕上げに、処理機の中に角氷を数個入れて回転させた（こんな方法があったなんて、思いもよらなかった。彼はほかにもいろいろなことを知っているようだ）。

しばらくしてもアーサーが無言のままなので、私が口を開いた。「何か悩みごとでもあるの、アーサー？」

〈そうだ〉とうなずいて、アーサーは言った。「みなさんには関係のないことですから、言わないほうがいいでしょう。まだほかにお手伝いできることがありますか？」

私が「ない」と答えると、アーサーは工具を片づけ始めた。顔が曇っていて、元気がない。かわいそうでたまらない思いだった。

「ちょっと座ってよ、アーサー。いつも楽しそうな顔をしているのに、今日は違うわね。何かあったんでしょう。力になれるかもよ」

「いや、これはだめでしょう。できることなら、お願いしますけど」と、アーサーは言った。そして、しばらくしてから言った。「家内が言うには、また赤ん坊ができたようなんです」

「あら、よかったじゃない！　今度は女の子かもよ」

アーサーは悲しそうに肩をすくめた。

「二人の男の子たちも、かわいい妹ができて喜ぶわよ」と、私は元気づけようとして言った。

アーサーは弱々しく微笑んだ。「結婚当初、子どもは三人作ろうって話し合っていたんですが……。娘ができれば嬉しいのですが、部屋がねえ……。だって、今でも、寝室に三人寝ているんですよ。今、上の子はソファーで寝ている有様だし、ベビーベッドを入れるこれっぽっちの隙間も、もうないんです」

私はあの小さなトレーラーハウスを思い出した。あの日、通された狭苦しい部屋を。

「それなら、別の家を探せばいいじゃない。それしかないわね」

「〈言うは易く〉ですよ、失礼ですが。でも、ここの稼ぎでは、あの古い小さなトレーラーハウスが借りられるだけでも、幸運なんです。それなのにまた扶養家族が一人増える……」

アーサーにどれだけの稼ぎがあるのか知らないが、知れた額だろう……。気まずい沈黙が流れ、やがてアーサーは立ち上がって帰ろうとした。

「読み方の勉強はどうなの？」と、私は尋ねた。

「順調ですよ。もう五年生のレベルまで来ています」アーサーの顔が明るくなった。

五年生というのは、私には不満だった。

「何年生まで進めば自動車の免許が取れるのかしらね？」

「八年生じゃないですかね」

すると、もっといい仕事を見つけるようになるまでには、まだまだ時間がかかるというわけだ。かわいそうなアーサー。私は子どもたちへのお土産にとキャンディを渡し、アーサーが置かれている苦しい状況をどうにかできないか、考えてみると言った。

第六章
家主に会いに行く

七月二十日

私がここに入所したとき、ヘンリー・デュラン夫妻は素敵なカップルで、お互いに気遣いあっていた。奥さんのヘレンは行動に少し不自由なところがあり、どこに行くにも夫のヘンリーが腕を抱えてやっていた。ところが、〈疫病神〉のアルツハイマー病がヘンリーを襲い、悲しむべき変化をもたらした。ヘンリーはすぐに診療所の一室に移され、二人の立場が逆転した。私は一日に二回、奥さんが足をひきずって、ヘンリーの部屋をのぞきに行く姿を見掛ける。夫のために何かできることがないか、そう思って行くのだろう。

診療所に移された当初、ヘンリーは惨めな状態だった。診療所ではだれも自分に口をきいてくれないと、奥さんに語ったそうだ。ところがある日、奥さんが部屋に行ってみると、夫がにこにこと嬉しそうにしている。そして、こう言ったという。「仲間を見つけたよ。あんなにいい奴はいない。何を言っても否定しないんだ」

看護師が妻のヘレンを廊下に呼び出した。そして壁に掛かっている縦長の鏡を指さして言った。「車椅子に乗ったまま、今朝は一時間、この鏡に向かって話しかけたり、うなずいたりしていましたよ。とっても嬉しそう顔をして」

もう一人のアルツハイマー病の患者フェリックスは、退屈しきっていた。ところがそのうちに、人が乗っている車椅子を押すことに楽しみを見つけた。問題は、車椅子を押してもらいたくない住人が多いことだった。押し方が乱暴で、いろいろな物にぶつけるようでは、だれだって嫌がるだろう。

ある日、フェリックスの奥さんが面会に行った。ところが部屋にもいなければ、頼まれてもいない他人の車椅子を猛スピードで押している姿も見られない。影も形もないのだ。看護師が二人加わって探すと、なんと自分の部屋から遠く離れた他人の部屋にいたのだ。

話はそれで終わらなかった。彼がいたのはダブルルームで、もう一台のベッドには女性が寝ていた。女性もその部屋の住人ではなかった。フェリックスと女性はシーツにくるまって、すやすや寝ていた。それも、服は全部着たままで、靴も履いたままだった。

私たちが入所施設としてフェア・エーカーズを選んだ理由に、診療所が併設されていることがある。それなのに私たちは、その診療所で一生を終えることになるのではないかという不安から逃れられない。診療所のことは考えたくないし、口にするのも嫌だ。だから敷地内を散歩するときも、煉瓦造りの診療所は見ないようにする。

良心がとがめるのは、私は診療所に入っている人たちの様子を見にあまり行かないことだ。元気づけてもらえるのを望んでいる人が大勢いることは分かっているのだが、その前に、まず自分を元気づけないと、診療所に行けない。診療所ほど気分の滅入るところがあっただろうか。多分、なかっただろうと思う。気の毒な患者の大半は車椅子のまま廊下にいて、頭を垂れ、だらしなく口を開いている。

私がそばを通ると、手を伸ばしてスカートをつかみ、こんなことを言う女性患者がいる。「ここから出してちょうだい。家へ連れて行ってちょうだい」看護師たちによれば、この女性は自分の名前も、家がどこにあるのかも知らないそうだ。でも、哀願する声を聞くのは本当につらい。

間違いなく、診療所の患者は十分なケアを受けている。私が思うに、ある点ではケアのし過ぎのところがある。その一つは、年齢も九十代で、完全に心神喪失状態になっている人に抗生物質を投与することだ。私が子どものころには、肺炎は〈老人の友〉と呼ばれていたものだ。最近、このことを主治医に話してみた。主治医は肺炎の患者がそれほど苦しまないで死ぬケースが多いことを認めた上で、こう言った。「医学の世界では、あらゆる手段で死と闘うように教育されています」さあ、そこが難しいところだ。医学では人生の中身じゃなくて、人生の長さが重視されているのだ。

何かで読んだことがある。〈決して、近代医学は命を、そう、本当の意味での命を、伸ばしてはいない。ただ、死に至る過程を伸ばしただけだ〉、と。

八月五日

ローズ・ヒッピーンという女性は花粉症に悩んでいる。気の毒なことだ。夏の終わりや秋の初めになると、大抵はブタクサやいろいろな雑草が原因の花粉症で、いつも鼻水を垂らしたり、涙を流したりしている。特に鼻のほうは慢性化して、いろいろなものに過敏になり、ブタクサの季節が終わっても鼻水が止まらない。気温が二度下がっただけで、症状が起こる。

これだけでは足りないのか、ローズはトイレも近いときている。ある日、彼女はこんなことを言っていた。「生まれ変わるとき、鼻が健康で、膀胱が丈夫なら、もうそれでいいわ」

昨日、ローズにチャールストンで予定されている従妹娘の結婚式に行くのかを尋ねてみた。すると首を振って、悲しそうに答えた。「行きたいけど、やめておくわ。車で着いて、式が終わるまで座ったままだとすると、二時間はあるでしょう。二時間は我慢できないもの」

「だって、あそこの教会にはお手洗いがあるわよ」

「ええ。でも、場所が分からないし、皆さんが席に着いているのに、大慌てで抜け出して足を踏んづけたくないわ……。あの娘が好きだから、新婦入場の場面で〈雨を降らす〉のは嫌だし……」ローズはこう言って、片手を口に当てて小声で言った。「〈おしっこを漏らす〉のはね……」

トイレが近いというのは、施設で多くの人が経験する困った症状である。私にもよく分かる。いろいろな行動が制限される。気分がいらだってくる。怒りを鎮める唯一の方法は、〈まったく用が足せない〉人たちのことを考えること。つまり、週に二、三度は、透析装置のお世話にならなければならない、そんな人たちのことを考えることだ。

ある奇麗な女優がテレビで、洒落た名前の尿漏れ防止パッドを宣伝している。いつか私も病気になって、あの商品に〈頼る〉ことになるかもしれない。考えただけでもぞっとする。あの女優も使っているのだろうか。まだ若いように見えるけど。

手洗い所のことでは、私にはちょっとした持論がある。ハイウェイに設置された公衆手洗い所は、とてもありがたいものだ。設置されていなかった時代には、私も困ることがあった。夫のサムが給油以外では、ガソリンスタンドで停まってくれないからだ。「よそ様のトイレを無料で使うわけにはいかないよ」と、夫は聖人ぶって言っていた。私が我慢できなくなると、ようやく停めてくれるのだが、そうなると、コーラやポテトチップ、キャンディ、こんなものが欲しくなって、いや、本当は欲しくなくても、夫は買ってしまうのだ。

去年の春のことだった。一番下の息子夫婦が孫の結婚式で、アトランタまで自動車に乗せてくれた。その際には、私の希望で、地方の道路を走ってもらった。そうすれば、大好きなマディソン、ワシントン、それにジョージアの町が見られるからだ。すると、案の定、途中で突然、例の症状が襲ってきた。息子は一番近くにあったガソリンスタンドで停めてくれた（息子は、父親の変に遠慮がちな性格は受け継いでいない）。店に駆け込んだら、なんと女性用のドアには〈使用不可〉の札が下がっているではないか。女性従業員が私の窮状を察して、カウンターに手招きした。「今日は簡易手洗いを二か所用意してあります。外の左側。よければ、どうぞ」

私は親切な従業員にお礼を言って、外に飛び出した。「簡易手洗いが嫌なんて、言っておられますか！」

私の母には、これはショックでしょうよ。娘がこんなことを書いているんですからね。母はとっても昔気質の女性だった。着替えはいつもクローゼットの中でする。服を着ていない、あるいは半裸の母の姿を、父は見たことがなかったのではないだろうか。四人の子どもの親になる行為は、きっと暗闇の中でしたのだろう。

母によると、母の母、つまり祖母は、もっと謙虚だったそうだ。祖母と同世代の女性たちは、お茶を飲んでいるときに〈あそこ〉に行かなければならなくなると、直接的な表現はしないで、「ちょっと席を外させて」と言ったそうだ。

手洗いに行かなければならないときに表面的に謙虚さを装うのは極端過ぎるから、笑ってしまうが、現代人の行動の極端さからすれば、はるかによかったように思う。今ではショックレベルが最低になってしまって、驚くことがない。昔のように「ちょっと席を外させて」と言うほうがいい。テレビであの場面をじかに見せられるよりは。

『L・A・ロー ― 七人の弁護士』というテレビドラマは、ときには面白いこともあったけど、弁護士が手洗いに行くと、茶の間の私たちはその後ろからついて行って、チャックを外す音を聞く（いや、その場面を見る）ことになった。最近、テレビに映し出される〈涎（よだれ）だらけのキス〉やセックスシーンを見たら、私の母はどう思うだろうか。

一度、母がわが家を訪問中に、夫の友人で森林関係の仕事をしている男性が立ち寄ったことがあった。地元に生えている樹木が話題になったので、私は一つ愚痴を言った。クリスマスが近づいているのに、前の庭に植えてあるヒイラギに実をつける兆候がまったく見られないことだった。

「多分、植えてあるのは、メスの木だけだな。オスが必要なんだよ」と、その男性は言った。

母は私の方を振り向くと、手で口をふさいで言った。「木でもそうなの？　イヤぁ〜ねえ」入所者みんなで、自分の母親のことを話題にしたことがあった。ローズ・ヒッピーが言うには、彼女の母親の無邪気さが家族の明るさの源になっていたそうだ。あるときローズの弟が、大学の同好会のメンバー一人を家に泊めたことがあったという。二人はすでにアルコールででき上がった状態でパーティから帰ってきた。二人が寝室に消えると、母親は首を振って言ったそうだ。「あの子たち絶対に飲みすぎたのよね。朝になったら途中下車するわよ！」

八月九日

昨日、友人のアメリア・イーズリーがやってきて、〈葛の館〉の所有者を突きとめたと教えてくれた。

「あなたの話を聞いて、持ち主はアンドリュー・ホスキンズさんじゃないかと思っていたら、やっぱりそうだったの。ちゃんと税金も払っているのに、ご本人は忘れているのよ」

「そんなバカな！　売り払ってもいいし、借家にしたら、管理もしてもらえるのに……」

「まったくそのとおりよ。最近、あの人のする事なす事、全部おかしいの。数年前に奥さんが他界されてからは、世の中のことにはまったく関心がないみたい。ドレイトンの町に立派な不動産を持っているのに、ほったらかしで、もう荒れるがまま。気にしていないのよ。身なりだってそう。まるで世捨て人のようになってきたわ」

「困ったわ！　私たち四人は、持ち主がよその町の人ならいいと思っていたのに。もうあの家のことなんか忘れていて、頼みを、そう保存するという頼みを、聞き入れてくれそうな人なら、と」

私はアーサーの家族が置かれた苦しい状況を手短に教えた。「あの家はただあそこに立っているだけで、放置されているようだし。アーサーの家族には便利じゃないかしら。きっと気に入るわ！」

「よければ、頼んでみたら？　でも、あまり期待できないわよ。夫なんかホスキンズさんのことを《山羊じいさん》なんて呼んでるわ。そういえば、ねえ、ハティー。あの人、ひょっとしたら山羊のような臭いがするんじゃないかと思えるような恰好をしているわよ。奥さんが生きていたころのことを考えると……。奥さんはいつも彼を〈粋な恰好〉で、身ぎれいにさせていたのにね」

「お子さんがいるのかしら？」

「いいえ。だから、二人はいつも一緒だった。それだから、どうしていいか分からないのだと思うわ。ちょっとかわいそうよね。でも、夫が言うには、気持ちの切り替えが必要なんだって。あのままじゃ、この町全体が崩壊しかねないそうよ。だって、あの人の土地も建物も、全部荒れ放題だし、町の美観は損ねられ、火事を出す心配もあるって」

「事務所を持っているの？」

「ええ。タウンスクエアにあるスピア商会の二階にあるわ。ときどき事務所に顔を出すはずだけど、ほとんど自宅から出ないんじゃないかしらね」

「じゃ、もし相談に行くとしたら、どこへ行ったらいいかしら？」

アメリアは肩をすくめた。「正直のところ、分からないわ。どっちにしても、無駄な努力じゃないかしら。でも、よくやるわね、あなた」

私はあきらめずに、ホスキンズさんの家のだいたいの所在地を教えてもらった。それがあとで役立つことになった。ドレイトンの町の道路はほとんどが曲がりくねっていて、特徴がなく、どこにもつながっていない。《舗装された牛の通り道》と呼ぶ人さえいる。クリスティンと私は、一時間は道で迷うことになっていただろう。事実、材木置場から先には進めなくなってしまったのだから。

ほかの三人の共謀者にも相談して、所有者のホスキンズさんと面会し、葛(くず)の館(やかた)をアーサー一家に最低の家賃（今払っているトレーラーハウスの家賃程度）で、貸してもらうよう頼むことにした。ただし、貸してもらえれば、建物も敷地も、できる限りの方法で整備するという前提で、だ。

ルシアスは「それでいいだろう」と言い、シドニーも賛成した。

クリスティンは「私も賛成」と言ったが、「ハティー、四人で行くのは多すぎない？」とも言った。

シドニーがこれに同調して、「ねえ、ハティー。クリスティンと二人で行ってきなよ。任せるから……」と言って笑い、さらに付け加えた。「もちろん、男どもの考えも聞き、了解を得てのことだが。間違いなく、説得するのも、頼み込むのも、女性のほうが上手だよ……」

こうして、クリスティンと私は大きな不安を抱きながら、私の古いビューイックに乗って出掛けたのだった。最初はホスキンズさんに電話をかけようとしたのだが、自宅も事務所も電話が取り外されていることが分かった。

私たちは、ホスキンズさんに真正面から立ち向かうことに決めた。二、三度、道路を間違えたが、なんとか番地を探し出して、大きなビクトリア朝風の屋敷の私道に入っていった。屋敷の三方にポーチがあって、角の部分は曲線に作られている。かつては印象的で、魅力的な屋敷であったのだろう。しかし今では白いペンキが剥がれ落ち、荒れ果てているようだ。

庭は荒れていた。私たちは前年から残されたままの枯葉を踏みしめ、落ちた木の枝と枝の間を縫うように歩き、ポーチに続く階段を上っていった。長い間、一度も箒が入っていないような荒れ方だ。玄関のベルを三度押した。屋敷の中で音が鳴っているのが聞こえたが、だれも出てこなかった。

あきらめないで、次はタウンスクエアを目指した。くねくねした道を自動車で抜けて着くと、駐車場があった（今は町の広い場所だと、駐車場が見つけやすい。買い物をするのは、ほとんど町はずれのモールだから）。スピア商会の左側に階段があったので、私たちは重い足取りで、それを上っていった。

フーッ！　なんて急な階段なんだろう！　古い店は全部、天井が高く造られている。クリスティンは私より二歳年下なのだが、同じように息を切らしている。あえぎつつ、途中で二度休んで、なんとか階段を上りきった。ドアには表札が出してあった。

アンドリュー・P・ホスキンズ
保険・不動産取扱業

私たちは、急に怖気（おじけ）づいてしまった。おそらく息を切らして上ってきたせいだろうが、突然、勇気を失ってしまった。間違いなく、クリスティンも同じだった。この家に住んでいる老男性は、私たちとの面識は一切ない。私たちに何の借りがあるわけでもない。その人に向かって、

〈持家をどうするつもりか〉などと尋ねるのは、非常識なことではないだろうか。

でも、乗り掛かった船だ。今さら、引き返すことはできない。私はためらいながらドアをノックした。反応なしだ。もう一度、今度は少し強くノックをした。「どうぞ」と、生返事のような声が聞こえてきたので、二人で中に入っていった。

取り散らかったオフィスの様子も、見る影もない家の主（あるじ）の姿も、詳細に描写するのはやめておこう。あえて言うとすれば、両方とも大掃除が必要なのに、見る影もなかったということだ。

ホスキンズ氏は、まだ育ちの良さを残していて、私たちの姿を見ると、机から立ち上がり、椅子を勧めてくれた。だが、歓迎している様子ではない。表情からすると、「私が何をしたというのだ？」と言っているようだった。

私たちは自己紹介した。そして、クリスティンに首で促されて、私は訪問の理由を単刀直入に説明した。

「ホスキンズさんはバウンダリー通りに家をお持ちですね。私たちが入所しているフェア・エーカーズの近くですが……」

ホスキンズ氏はしばらく考えていたが、散らかった机から向きをかえ、椅子をぐるりと回転させ、近くにあったキャビネットまで移動した。そして大きな台帳を取り出して、ページを何枚かめくった。

「六ＬＤＫのバンガロー。バウンダリー通り四〇二番地。これかな？」

私たちはうなずいた。

「あの家は……」と言うと、ホスキンズ氏は開いたままの台帳に目をやった。「あれは一九七八年に公売で買ったもので、毎年ちゃんと税金は払っている。あれが何か問題にでも？」

「問題があるというのではありませんが……」と、クリスティンが言った。

そこで私が間髪を入れずに、「いいえ、実はあるんです」と言って、今のまま放置していると、素敵な家がジャングルに戻ってしまうと、現状を理解できるように説明した。話しながら急に気づいたのだが、こちらが一生懸命に話せば話すだけ、ホスキンズ氏の顔が充血してくる。ついにはメガネを外し、目を細めて、私を見つめた。しわだらけの顔は陰険そのものだった。

最後には片手を上げて、私が話すのを制し、そして言った。

「もう、それで十分だ。それで、あの家にどんな用事があるっていうんだね？」

この言葉には相手を軽蔑するような、敵視するような響きがあったので、私はたじろいでしまった。口ごもって答えにならない。

「それが、そのー、あのー」これは困った。このままじゃ、ちゃんと説明できないではないか。

クリスティンが割って入った。「私たちのことじゃないんです、ホスキンズさん。ちょうどいい若夫婦がおりましてね……」

クリスティンはアーサーと奥さん、それに子どもたちのこと、家族に大きな家が必要なことを語った。でも、ホスキンズ氏の渋面は一層ひどくなるばかりで、とうとう椅子から立ち上がり、私たちを睨みつける始末だった。

「余計なことはしないでもらいたいね。では、これで」こういった声は少しふるえていた。

私たちはもう何も言わずに家を出た。階段を降りるときは、上ってきたときの四倍の速さだった。お互いにしがみつき、無言だった。私は心臓が破裂しそうで、顔は火のように熱かった。私はハンドルを握っても、冷静に戻るまでエンジンをかけなかった。

「お酒が飲めるタイプなら、バーに行って、スコッチをダブルで注文したいところだわ」と、クリスティンが言った。

「山羊おやじめ！」私はこれしか言う言葉を思い浮かばなかった。

この日、遅くのこと

午後遅くなってから、施設の敷地内の散歩に出掛けた。落日の色が実に鮮やかで、ようやく沈んでいったときには、多分、これはばかげた印象だろうが、太陽は姿を消すときに色を残して、それが暮れなずむ空を染めるのではないかと思った。

この豪華な日没を見られたことで、私は気分が回復してきた。クリスティンと私はできる限りのことをした。アーサー一家のためには、まだ別にしてやれることがあるだろう。ラテン語で〈ドゥム・スピーロー・スペーロー〉、生きている間は希望が持てる、だ。

それに、夕食の席でいろいろな話を耳にすると、いつまでもふさいだ気分ではいられない。今日もいつものように、笑いが心の痛みを和らげてくれた。その一つ。

今日の順番で私のテーブルは、女性が六人、男性が二人だった。男性陣のエドウィンとヘンリーは隣同士に座ろうとしている。エドウィンが言うには、絶対的な〈女同士〉の話題から逃げるためだそうだ。ヘンリーがエドウィンに語っているのを漏れ聞いた。「うちのおふくろはいい、ヘル(くそったれ)という言葉と下剤が大好きだったんだな。いつも俺にどちらかをくれていたよ」

しばらくしてから、今度はある女性が言った。「八十一歳の従妹のエレンに尋ねたの。老人ホームに入る準備をしているのかって。そしたらこう答えたわ。《いいえ、でも、娘たちには言ってあるの。部屋の片隅でいいから、そこで涎(よだれ)を垂らさせてほしいって》」テーブルに座っていた私たちは、その様子を想像して大笑いした。泣くのじゃなくて、笑えること、これは嬉しいことだ。

八月二十四日

施設内に〈カントリー・ストア〉という店がある。ロビーの奥の小部屋が店になっていて、そこでキャンディ、アイスクリーム、郵便切手、歯磨き粉などを買うことができる。でも、私が何か買おうと思って行っても、決まって閉まっている感じだ。お店の人たち〈みんなボランティア〉が決めた不規則な営業時間が、私にはどうしても覚えられない。

ところが、今日行ったら、開いていたのだ。

店内の小さなテーブルに座って、チョコレート・アイスクリームのコーンをぺろぺろなめていると、アンガス・マックロードが入ってきた。彼は私が手にしているアイスを見て、「同じものをもらおうかな」と言った。そして、私と同じテーブルに腰を下ろした。これには驚いた。アンガス・マックロードは奥さんを亡くした、物静かで口数の少ない男性だ。口数が少ないのは、多分、喋るのが困難だからだ。喉に疾患があって、それが喉頭に影響している。声はしゃがれているが、近くで、緊張していないと、まったく問題なく聞き取れる。

「マックロードさん、あなたのスコットランド系の名前、いいわね」と、私は言った。

「そうかい。嬉しいね」と彼は言って、さらに「ミドルネームはドゥガルドだ」と言った。

「アンガス・ドゥガルド・マックロード！　なんだか、バグパイプの音が聞こえてきそうな名前じゃないの。《♪スコットランド人よ、ウォーレスと友に血を流したのは、だれだ……♪》お宅はハイランド地方の出身なの？」

「そうなんだ。一七七四年にフローラ・マクドナルドという女性と一緒にアメリカに渡ってきた」

「本当？　私、ずっと想像していたの。大勢の人が一団を作って祖国を離れて、未知の世界へ向けて旅立つ。それもたった一人の女性への忠誠心からよ！」

「フローラは普通の女性じゃなかったんだよ。きっと傑女だったんだろうな」

「でしょうね。でも何かで読んだけど、何年かしたら、またスコットランドへ帰ってしまったとか。ところが、大勢の人はそのままノース・カロライナに留まった」

「そのとおり」と、アンガスは言って、垂れてきたアイスクリームをなめた。「気候がハイランドよりも暖かいし、チャンスが多かったんだね」

「私が興味を持つのは、私にもスコットランド系の血が流れているからなの。祖祖母はユーフェミア・マックニールという名前で、ノース・カロライナのエレルベ・スプリングスの出身だった」

「ああ、リンチモンド郡のね」

「そう。それはともかく、マックニール一族は、スコットランドのキンタイア半島からアメリカにやってきたって、そう聞かされていたわ。どんな人たちだったのかよく知らないけど、私の祖祖母はエフィという愛称で呼ばれていた」

「ユーフィ（おしゃべり）よりはましさ」とマックロードは言って、ウインクをした。私も同感だった。

「フローラ・マクドナルドの血筋といえば、一族の教会のオールド・ベセスダ（※非法人地域のこと。アメリカでは基礎自治体は住民の総意によって設立されるために、自治体が設立されない地域が存在し、そのような地域は非法人地域と呼ばれる）を見たことがあるかね？ ノース・カロライナのアバディーン郊外にあるんだが……」

「いいえ。でも、耳にしたことはあるわ。二百年くらい前のものでしょう？」

「それじゃ足りないね。墓石に彫ってある名前を読めば、まるでエディンバラの墓場にいるような気分になってしまうよ。マックA、マックB、そこらじゅうがマックなんとかさんばかりなんだ」

「その教会、まだ使われているの？」

「とんでもない。現代人は隙間風が嫌いだし、暖房も電気も無いんじゃね。だから、代わりに、温かくて、頑丈で、エアコンのある教会を、一マイルほど離れたところに建てた。何年も前にね。だが、私の祖父は古い教会に行っていた。無理をしてね。冬の寒い季節に行われた二時間の礼拝のことをよく聞かされたものだよ。暖房がまったく無いんだ。古い教会に行くと思っただけで、寒くなってきたそうだ。歳が八十くらいになって、調子が悪いときには、熱した煉瓦を布に包んで持っていけば、寒くても、足元を温めることができるそうだよ」

アンガスは思い出を次々に語った。「祖父が言ってたな。楽器は嫌われたって。兄弟の一人、たぶんマックなんとかさんだろうが、その人が音叉（おんさ）を持っていたそうだ。それを使って音程を合わせ、讃美歌を歌うのだが、ほとんどが悲しい歌だったそうだ。まだ子どもだった祖父には、怖くてしかたがないが歌詞があったそうだが、それは天国の様子を歌った讃美歌だったらしい。『〈天国とは〉信者が散らばることなく、安息日が永遠に続くところ』という歌詞が、祖父には〈地獄〉のことを言っているように聞こえたそうだよ」

私たちは大笑いをした。でもその人は、そのとき、悲しい思いをしたのだ。

「あなたのお祖父（じい）さんに会ってみたかったわ」

「そうだね。祖父（じい）さんは〈地の塩〉だったよ。強くて、揺るがず、ちょっと頑固だった。でも、目が輝いていた……。自分の母親のことを、俺にとっては祖母のことだが、いろいろ話してくれたよ。祖母は文学が好きな長老派教会の熱心な信徒で、日曜日には子どもを散歩に行かせなかったんだ。墓場以外にはね。それに、お金に厳しい。毎年春になると、薬箱の中身を整理するのだが、残っているものがあったりすると、〈どうしてだろう〉と首を横に振る。ときには残っていた薬を飲むこともある。捨てるなんてことはしない。〈なにかに効くでしょう。

大金を払っているんですからね〉ってなわけさ」

アンガス・ドゥガルド・マックロードとの会話は楽しかった。きっとほかにも物静かなご隠居さんが施設にはいるはずだ。昔のことを楽しく語ってくれる人たちが。これからはカントリー・ストアにもっと頻繁に顔を出すことにしますかね。そしてアイスクリームを餌にして、内緒の話を聞き出しますかね。

第七章
ミス・ミーニャ

八月二十八日

八月もわずか三日を残すだけになってしまった。やれやれだ。十月が待ち遠しくてたまらない……。しまった！　また、時間が経てばいいと思ってしまった。私に残された日数は少ないのに。暑かろうが、寒かろうが、一日たりとも無駄にはできないのだ。

でも、不快感という点では、八月は毎年ひどくなっているようだ。昨日の夜、紙切れにこんな詩を走り書きした。

八月　――　罰月（ばちがつ）

八月は　いやな月だ
とんぼ、蝿　蚤が現れ

雷雨や　強風警報が　出され
　雑草は　膝まで伸びる

水銀柱は　どんどん昇り
　気分は　いらだち
情熱は　青菜に塩のごとく　しおれ
　恋人たちも　喧嘩別れ

もし　私が　埋葬布に包まれて眠る
　オーガスタス・シーザーなら
八月は　おのが名で命名されたと　知っても
　誇らしく思うことは　あるまい

九月五日

施設での生活を始めてすぐのことだが、入所者に八十二歳の天才がいることを発見した。この女性はピアノを歌わせ、泣かせ、この世のものとは思えないようなメロディーを奏でることができる。ほかの人が同じメロディーを弾いても、フィーリングでも、甘美さでも、彼女にはかなわないようだ。そして実際にかなわない（実は、私ハティーは、ちょっとピアノにはうるさい。十二年間もレッスンを受け、一時はプロになることを勧められたこともあったのだから。でも、プロを目指さなくてよかった。それほど上手ではなかったし、私は専業主婦のほうが向いていたから）。

今日、ロビーを通り抜けようとしていると、素敵なピアノの音が大広間から聞こえてきた。大広間には小型のスタインウエイのピアノが置いてある。だれかが施設に遺贈したものらしい。聞こえてきたのはショパンの『雨だれ』で、まさに名演奏だった。私はそっと椅子に座り、美しい音に酔いしれた。完璧な演奏だった。いったいどなたが弾いているのだろうか。きっと来訪者が弾いているのだろうと思った。

ところが、私の予想は外れた。ピアノを弾いていたのはミス・ミーニャ・マッケンジーで、同じ施設の住人だった。ドレイトンで音楽教師をしていた女性だ。演奏が終わると、私は自己紹介をして、しばらく二人でショパン談議をした。特に、ジョルジュ・サンドと一緒に島（マジョルカ島だったかしら）で過ごした冬に作曲した、数々の名曲のことを話題にした。

ミス・ミーニャは、「その冬、ショパンは凍え死ぬような思いをしていたそうよ。古い、古い借家で」と言って、冗談ぽく口元をゆがめ、「いい気味よね！」と付け加えた。

ミス・ミーニャは小柄で、そして手も小さいから、ピアノの鍵盤を使いこなせるのが信じられない。外見もチャーミングで、柔らかい白髪を長く伸ばし、後ろでフレンチ編みにしている。二本の小さな象牙の櫛で髪全体を保たせ、何本かの巻き毛がうなじに垂れるようにしている。

高齢になっても、頬がきれいなピンク色をしている、そんな幸運な女性をときたま見掛けるが、ミス・ミーニャはそれ以上だ。すみれ色の瞳、優しい表情、どれを取っても最高の女性だ。そんな彼女が未婚と聞いて、私が最初に考えたのは、どうして手を出す男性が一人もいなかったのだろうかということだった。

私たちはすぐに意気投合して、施設にある楽譜でいい曲が見つかったら、二人で連弾をすることに決めた。それ以来、実際に連弾を何回かして、私は喜んでいる。

こんなに優しくて、才能に恵まれた女性(ひと)と一緒にピアノを弾くのは、施設での生活で一番楽しい時間である。今は、夕食のあとにコンサートを開こうかと考えている。それは入所者たちからの依頼があったからだ。ロビーの大広間に近いところに折りたたみ椅子を並べれば、コンサート会場になる。

管理責任者のデトウイラー氏を説得して、スタインウエイのピアノをなんとかしてもらわなければならない。古いスタインウエイは素晴らしい（現在の製品よりもはるか上等）が、調律が必要だし、ペダルの調整もしなければならない。

オーガスタ・バートンは自分の葬儀のことが頭から離れないようだ。「お葬式は私の教会でやってもらいますけど、弔問に来てくれる人なんて、ほんの一握りよね。だって、知り合いはほとんどこの世に残っていないんだものね」

そこで、ローズ・ヒッビーンが提案をした。「ねえ。息子さんに言っておけば、どう？〈お葬式に来てくれた方には福引あり〉って、発表しなさいって」

オーガスタの顔がぱっと明るくなった。「それはいい考えだわ！」

やれやれ！

九月十一日

昨日の夕食後、ミス・ミーニャとのピアノ演奏会を開いた。驚いたことに、折りたたみ椅子は満席になり、それどころか、ロビーの布張りの椅子にも、そして長椅子にも、空席がなかった。

ピアノもちゃんと調律されていて、私たち（特に、私）が十分に練習をしたので、演奏は上出来だった。ミス・ミーニャが第一部を、私が第二部を担当した。私にはこれが有難かった。二人でメンデルスゾーンとシューベルトの曲をそれぞれ一曲ずつ演奏したが、どの曲もうまく弾けたと思う。スコット・ジョプリンが作曲した『メイプル・リーフ・ラグ』を連弾用に編曲した楽譜を見つけていたので、それをアンコールで演奏した。これが大受けで、みんな体を揺すり、タップを踏んでいた。みんなが、近いうちにまた演奏してほしいと言ってくれたが、多分そうなるだろう。

施設では、みんなお互いをファーストネームで呼んでいるが、ドクター・ブラウニングとミス・ミーニャ・マッケンジーだけは例外だ。ミス・ミーニャと呼ばれるのは、彼女が音楽教師として、ドレイトンで長くそう呼ばれていたからなのだろう。南部の町は昔風の慣習を保っていることが多い。それにミス・ミーニャという名前も、彼女にはぴったりだ。彼女はとても穏やかで、優しくて、傲慢なところがない。〈威厳がある〉というのが一番ふさわしい表現だろう。いつも背筋を伸ばしているので、背中をポンとたたいたり、なれなれしい態度で接することはできない。

それなのに、こちらを気に入ると、どんなに愛すべき女性(ひと)だろうか！　奥ゆかしさと優しさに、上品なユーモアのセンスが備わっている。私は最初の出会いでミス・ミーニャが大好きになってしまった。彼女からピアノを習ったことがあるアメリア・イーズリーにも、このことを話した。

アメリアも愛すべき女性(ひと)だ。それは彼女の母親と同じだ。母親のルーシーは大学時代、私の親友だった。ルーシーは今、アッシュビルに住んでいるが、ドレイトン在住の娘アメリアに、私が施設に入ったことを手紙で知らせた。すると、アメリアはすぐ私に会いに来てくれた。それも甘口のシェリー酒〈ハーベイ・ブリストル・クリーム〉と、一焼き分のチーズビスケットを持って、だ。とても量が多くて、翌日、同じ棟の入所者全員を〈寄合(よりあい)〉に招待できるほどだった。自分が七十九歳になっているのに、何十歳も年下の女性と中身のある不変の友人関係が思いがけず作れたということは、嬉しいことだ。

アメリアは言った。「小母さんなら、ミス・ミーニャとうまが合うと思ったわ。あの先生の横に座ってレッスンを受けていると、化粧水のほのかな香りが漂ってきて、指の動きがきれいだったことを今でも覚えている」そして笑って言った。「めったになかったけど、私の演奏を褒めてくれるときの声も大好きだったわ」

「そう、あの声ね。そして笑顔。あんなに可愛い女性だもの、恋人がいたでしょうに。どうして結婚しなかったのかしらね?」

「一度、母に尋ねたことがあるわ。そしたら、ミス・ミーニャの恋物語を話してくれた。でも、小母さん、本当に聞きたい?」

「それはもう。でも、ほら……」私はこう言って、太陽を指さした。日光が松の木々に降り注いでいた。松は二階にある私の部屋の窓まで届く高さだ。「ようやく太陽のお出ましだわ。池まで歩きましょうよ。座るところもあるし、あひるに餌もやれるから」

だれがこの施設の造園をしたのか知らないが、私は感謝している。散歩をするための静かな小径もあれば、ブランコや展望所が、小さな池の周囲に何か所か配置してある。椅子に腰を下ろすと、あひるの子たちが堂々とした母親のあとを、ぎこちなく隊形を作って泳いでいる姿が見られる。多くの入所者が、パンくずや食べ残しをダイニング・ルームから持ってきて与えるので、この池のあひるはサウス・カロライナで、最も食べ過ぎているのではないだろうか。

アメリアと私は、展望所にある椅子に座った。「では、教えてちょうだい。ミス・ミーニャのことを」

「いいわ。母が言うには、ミス・ミーニャには恋人が次々に現れたけど、まるで〈リッチモンドを包囲しているグラント将軍〉のように、煮え切らない態度だったって。でも、そのうち一人だけ残って、それがグレンガー・ペンダービスという真面目な男性だったの」

「どうして彼女は結婚しなかったの?」

「結婚するような雰囲気だったそうよ。教会にも、図書館にも、ピクニックにも、ドラッグストアにも、いつも一緒に出掛けていたそうだから」

「ハンサムだったの？」

「とっても。背が高くて、がっしりしていた。大学ではフットボールの南部の選抜選手よ。彼は銀行にいい仕事を見つけていたし、そのころのミス・ミーニャは輝いていたそうよ」

「それで、何があったの？」

「ミス・ミーニャが病気になったの。あら、なんの病気だったかしら。ああ、思い出した。腺熱（せんねつ）。今は単核球症（たんかくきゅうしょう）って呼ぶのかな。ミス・ミーニャは症状が重くて、三か月間、寝たきりになってしまった。ちょうどそのころ、町に引っ越してきた家族があった。ハリス一家で、そこにマルガリータという娘がいた。その娘がグレンガーと同じ銀行で働きだして、すぐに彼の気を引こうとし始めた」

「あら、まあ。それで、獲得しちゃったの？」

「そう、ちゃっかりね。容貌はミス・ニーニャには及ばなかったけど、狡猾さと一途さでは十倍も上。ミス・ミーニャは寝たきりになったというのが不運だったわね。もっとも、健康であったとしても、その娘と張り合ったかどうかは分からないわ……。ミス・ミーニャは気持ちが優しかったから」

「そのあとでも、結婚するチャンスは数多くあったはずなのに、どうやら、〈男性は一人だけ〉というタイプね。私の母が言うには、グレンガーは間違いなく素敵な青年だったらしいわ。

だからミス・ミーニャにすれば、ほかの男性はみんな対象外だったのよ。かわいそうなことに、それで町を出るにしても、お金がない。だから同じ所でそのまま頑張っていくしかなかったのね」

「グレンガーは自分の結婚を後悔しなかったのかしら」

「後悔したの。それは私にも分かる。ときどき銀行や郵便局、あるいはドラッグストアで見掛けたけど、あんな悲しい顔をした人はいなかったわ」

私たちはしばらく無言であひるにパンくずを投げ与えながら、運命の急激な変化に思いを巡らしていた。

九月十六日

昨晩、ヘンリエッタと電話で話をした。施設の入所順番待ちの順位が上がってきたからだ。それで今日は手紙を書くことにした。これがそのコピー。

レッタへ

今朝、あなたのことを考えていたわ。昨晩、楽しくおしゃべりをしたときに、〈そろそろ、入所施設で冬眠生活を送ることにするかどうか、その決断しなきゃならない〉って、そういうお話だったのでね。私としては、この施設に入ってもらいたいけど、勧めにくいところもあるの。だって、あとになってから、選択を誤ったって思うかもしれないでしょう。

毎日、クロスワードをするのだけど、そんなとき、ときどきあなたのことを思い出すわ。クロスワードで頭を使うと、錆落としになるわね。ちょっと〈ずるをする〉こともあるけど（だって、特殊語の別表現って、難しいじゃない）。それはともかく、答えに行き詰まると、あなたの頭脳を借りて、あなたの言葉の知識を利用したくなるの。

ついこの間、ギリシャ語の単語で〈エンシオス（神の霊感）〉というのがあって、そのときもあなたのことを想ったわ。それが〈体内に宿る神〉って訳されていた。自信はないけど、エンスージアズム（熱情）は、この単語、つまり〈エンシオス〉から来ているんじゃないかしら。これって面白いと思うけど、どう？

最近、言葉と恋をしているみたい。そうかと言っても、世界のすべての言葉が知りたいと思っているのでもないし、意味を知りたいわけでもない。単なる知識として興味があるの。奇麗な言葉が知りたい。そう、知識、色、意味、それらが詰まっている言葉が知りたいのよ。

もっとも素敵な言葉を三つ選べと言われたら、あなたはどうする？　おそらく私と同じ言葉を選ぶわね。『コリント書』で徳目として称賛されている言葉、すなわち「信念」、「希望」、そして「愛」、ね。「慈善」という言葉も、響き、意味、共にいいわね。音の響きだけで言えば、「陽気」「直観」、そして「アマリリス」も好き。もっとも耳に心地よく響くのは、エルの字が多い単語だって読んだことがあるけど、「アマリリス」は、瓶から水が流れ落ちるような音に聞こえるわ。

素敵な言葉の正反対の位置にあるのは、不快な響きの言葉ね。例えば、「げっぷ」「身ごもる」「がまの油」「がけ」……。もう止しておくわ。こんな言葉に時間を使うのは。

最後に昨日のハプニング（本当にあったことよ）を書いておくわね。

カルバー夫妻は、知能程度で言えば、〈もう盛りを過ぎた人たち〉なの。その夫妻とダイニング・ルームの入り口でばったり顔を合わせたとき、二人とも何か落ち着かない様子だった。奥さんが私に尋ねてきたの。「ねえ、あなた。今はランチの時間なの？　それともサパー？」

「ランチですよ」と答えると、奥様が言ったわ。声をひそめて、つらそうにね。

「私たち、もう食べたのかしらね？」

返事を待っています。

ハティーより

九月十九日

ランチのとき、ウーマンリブ活動家のことに話題が及び、イーゼル・マックディィルが痛烈な非難を始めた。

「女の歯医者も、どんな女の医者も、女の会計士も、女の牧師も、みんな要らないわ。それに、ミズとか、チェア・パーソンなんて、呼ばれたくない。ありのままでいいのよ。男が男であって、女がそれで満足していればね。女はドアを開けてもらえば嬉しいし、帽子を脱いでくれても、席を譲ってくれても、それだけで嬉しいわよ。活動しているあの恵まれない女たちは、気の毒だわ。大事なものを失っていることが分かっていないのね」

これを聞いて、私はつぶやいた。

「神よ、許したまえ」

話題は昔のことになった。日曜日の夜になると、ヘイライド（※干し草を敷いた荷馬車に乗って、夜間に遠乗りすること）で出掛けたり、キリスト教少年共励会が開かれたり、室内ゲームをしたり、ピアノを囲んで歌った、そんなよき時代のことを語り合った。本当に無垢で、礼節があった時代だが、今はもう失われてしまったようだ。ああ、懐かしい。

今晩もまた、ポールとカーティスがテラスで話しているのを耳にしてしまった（図書室のあの場所に座るのは、もうやめたほうがよさそうだ。残念至極！）。

カーティスが言った。「ポールよ、セリア・トーマスって女、知ってるだろう？」

「ああ。D棟に住んでる。それで？」

「俺に熱を上げているようなんだ」

「えっ？　セリアが？　冗談だろう」

「いいや、本当さ。言い寄ってくるんだ。嘘じゃないよ」

少し間をおいてから、ポールが言った。

「カーティス、お前、歳はいくつだ？」

「八十五だよ」

「いいかい？　おれが訊きたいのは、だな、例えば俺のようにだよ、もっと若い八十一の男が近くにいるのに、どうして八十五の男を追いかけるんだよ？」

それで二人はしばらくゲラゲラ笑っていた。私は自分の部屋に戻ったが、年配者のユーモアのセンスに感謝したい気持ちだった。

第八章

インディアン・サマー

九月二十四日

地元から悪いニュースが……。また旧友が亡くなった。ルー・ベッティンガーは良き友人で、信義に厚く、楽しかった。ときどき思うことがある。いい人はみんなあの世に逝ってしまった。私はどうして？　どうして、この世で生き続けるのだろうか。乏しい酸素と水、それに食べ物を消費して。

もう、自分の子どもたちにしてやれることはない。実際、死んだほうが役立つだろう。遺産を相続すれば、その日暮らしの生活にささやかな喜びが持てるようになる。恵みの命をこのまま生き続けたとして、私の人生に何か喜びがあるのだろうか。子どもたちの相続を先延ばしするだけの恵みが、あるのだろうか。

そうね、楽しみ、ね。私の楽しみは食べることだわね。つまり、私の舌と口蓋が毎日の食べ物から、数秒間、喜びを感じるということ……。いい映画も好きだし、居間の隅に置いてあるあの箱で、何時間も動画を見ていれば、ときにはいい作品と出会うこともある。いい音楽も好き。私って、現代の電子機器を使って、自室でも、自動車の中でも、素晴らしい音の世界に浸る（ひたる）ことができる。

詩も好きだ。詩は本棚と同じで、いつも身近な存在だし、記憶の底から思い出せるものもある。お風呂の中とか、散歩あるいは車を運転しているときなど、詩を暗唱して、単調さを破るのよ。

会って楽しい人もいる。でも、一度に長時間はだめ。だから自分から先に別れて、部屋に帰ってきてもいいし、みんなが帰ってくれても、それはそれでいい。そうすれば独りで静かに、何を話したのか、何をしたのか、考えることができる。

こんなことが私の喜び。前にも書いたように、こんなことが、私がこの世に生きながらえる十分な理由になるのだろうか。『伝道の書』にあるように、〈生まれるのに時があり、死ぬのに時がある〉のだ。すると、まだ私の時ではないということ。そんな心配はしないほうがいいみたい。『詩編』に曰く、〈主の裁きは公平であって、ことごとく正しい〉んだって。

こんなに感傷的になるのは、多分、秋の初めのインディアン・サマー（※小春日和（こはるびより））のせいだ。この時期は、木々に秋の訪れを見ることができる。でも施設では、まだ花も元気だ。園芸家たち〈施設で小さな庭を持っている園芸愛好家のことで、本職の園芸職人ではない〉が、昔からいろいろな花を育てている。バーベナ、ダスティーミラー、それにビジョナデシコなど。ところで、花の名になったスイート・ウイリアムって、どんな人だったのだろうか。実らなかった恋の相手？　それとも可愛い息子に、子煩悩で植物栽培が上手な母親が永遠に残してやった名前かしら？

昨日、遅れてランチにやってきた人が二人いた。そのうちの一人がテーブルに着いて、すでに食べ始めていた人に〈食前の祈りの言葉〉を頼んだ。頼まれた人は口の中の物を飲み込むと、しばらくして言った。「わが魂よ、主を称えよ。わが体内にあるものすべてよ、聖なる御名を称えよ。アーメン」

九月二十五日

友人のマルシアは、施設の敷地だが、裏側にあるコテッジに住んでいる。マルシアは野鳥愛好家で、異常なほどに小鳥が好きだ。餌を与え、後を追い、観察し、名前を特定できる。ここでも、どこでも、だ。

昨年のある日のこと、彼女が興奮することがあった。見慣れない小鳥が一羽、庭の餌箱にやってきていたのだ。〈オーストラリア・オカメインコ〉という小さい灰色の鳥で、ときどきペットショップのケージで見掛けるように、黄色い鶏冠（とさか）が頭についている。マルシアはそのインコをなんとかして捕えて、かごで飼うことに決めた。そのまま放っておくと、生きていけないという判断だった。そして右手で捕えたのだが、インコを入れる物が何もなかった。そこで、なんと彼女はスカートの前をまくり上げると、そこにインコを入れた。ちょうどそのとき、別の住人で、威厳に満ちた学者風の長老派教会の元牧師が、昼の散歩で通りかかった。

マルシアは興奮して声をかけた。「あら、ドクター・ブラウニング。私のオカメインコを見てみませんか？」

びっくりした元牧師には、小鳥の姿なんか見えなかった。目に映ったのは、顔見知りの女性、それも上品な女性が、自分の服をお腹のあたりまでまくり上げ、何か見ていけと言っているのだった。

このために、元牧師の昼の散歩は全力走に変わった。彼はあひるの池一周走の新記録を打ち立てた。

マルシアは無邪気な一途さから、小鳥のことで、気の毒な元牧師を死ぬほどびっくりさせたのだ。

九月二十六日

私は野球が好きだ。ボールがバットに当たるガツッという音は気持ちがいいし、打者がバットをポンと投げ捨てて駆け出す姿は恰好がいい。ベースの直前では、私も滑り込んでいるような気分だし、審判がアウトと宣告をすると、一緒になって怒ることもある。

ダブルプレーにでもなろうものなら、もう私はテレビにかじりついてしまう。でも、首と目の動きがのろいので、実際のプレーが確認できない。速すぎるのだ。どうして選手は、二人をアウトにするという離れ業(わざ)を、光の速度よりも速くやれるのだろうか。

シーズンも後半に入ってワールドシリーズが近づいてくると、野球の虜(とりこ)になる。同点の試合だと、決着する真夜中ごろまで、寝ないで観ていることもある。

こんなふうに、私は野球が好きだ。幸運なのは、心地よい椅子に座って、優秀な選手たちを奇麗な画面で見られること。でも、これだけは聞いてね、私の日記さん。選手の談話、あれは聞きたくないの。ちゃんと話せる選手もいるけど、インタビューを受けているときに、口に詰め綿でも入れているのかと思うような声の選手もいる。あんな選手たちからほんの少しでも、まともな言葉を引き出すのは大変だわね。

「はい、やっちゃいました。ええと〜、向こうが先手を取ったけど、ええと〜、そいで、こっちが、八回に逆転して、ええと〜」

「プレーオフ進出の可能性は、いかがですか？」

「それは、ええと～、やりますよ。メッチャ、やってやりますわ、ええと～、そうです。エッヘッヘ、メッチャ痛めつけてやりますわ、ええと～、ハイ」

この〈ええと～〉という言葉には、もう、うんざりだ。これを使うのは、野球選手だけじゃない。これは伝染病！　そのことで詩が書けないかと頑張ってみた。これがその作品。

「ええと～」とは　もう言うな

こんなに使われ過ぎた言葉は　ない
それは「ええと～」
何を言っていても
選手の口からもれる

大卒も　スラム出も
頭のいい子も　悪い子も
息を吸うたびに　必ず

ええと～　ええと～

ああ困った　これは厳しいことだ
文化が堕落している
若者が言葉を話せないんだから
ええと～　なしには

エドガー・アラン・ポーの時代に
これが正しい言葉遣いだったら
あのカラスは言っただろうな
「ええと～　とは　もう言うな」って

それに　パトリック・ヘンリーも
うんと口ごもって　言っただろうな
「自由を与えよ　ええと～
然らずんば　死を」

たしかなことは一つ　この言葉は　つまらない
私が古いのかも　いや　違う
この使い古された言葉に　うんざりなのだ
もう　消えて　なくなれ！

（※パトリック・ヘンリー は米国の弁護士、政治家。英国との開戦を強く主張した）

野球のことに関して言うと、もう一つ気に入らないのは、選手が吐くつばの量と、吐き方である。そのまま〈ペッ〉ですからね。あら、詩を作る気分になっていたら、下手なのがまた一つできたわ。

ペッ　ペッ

ワールドシリーズは　大好き
騒音と歓声が　入り交じる
ただ　願わくは

つば吐きは　ほどほどに
バットを手にして　ガムを噛めば
みんな強打者
でも　こんな選手は　願い下げよ
それは　つば吐きチャンピオン

九月二十八日
診療所の廊下を歩いていたら、車椅子の女性とばったり。彼女は片手を上げて、私を止めた。そして言った。

「ねえ、どう行けばいいのかしらね？」

「どこに行くの？」

「さあ。まだ聞いていないの」

その声は陽気だった。

十月二日

夕食後の散歩中、少なくとも六機の飛行機が空中で交差し、飛行機雲が巨大な五目並べのゲームをしているように見えた。おそらくパイロットたちはチャールストン空軍基地の人たちだろう。美しく晴れ渡った秋の一日を締めくくる、なんて素晴らしい方法なんでしょう。そう、パイロットたちにとっては、ね。だって、十月の抜けるような青空の下を飛んでいるんですからね。そして、そんな光景を見られる私にとっても、ね。

太陽がオレンジバーグの町の方向に沈んでいくと、鮮やかなパレットのように、ピンク、深紅色、赤紫色が交じり合い、信じられないような光景になった。眼球が焦げてしまうのではないかと思うくらいにまぶしくて、ありふれた言葉ではとてもそれを表現できない。

夕日のショーを補足するように交差していた飛行機雲も、今は鮮やかなピンクに変わり、飛行機はぴかぴかの銀のように輝いている。パイロットたちも私のように喜んでいたのだろうか。一人ぐらいは詩心があって、冬の夜の楽しみにすべく、あの様子を言葉で表現しただろうか。アルフレッド・エドワード・ハウスマン（※英国の詩人）なら、どう、表現しただろうか。ホイットマン（※米国の詩人）なら。ワーズワース（※英国の詩人）なら。

私が新聞や文芸誌で読んで首をひねるような詩人たちでは、この光景を奇麗な、あるいは感動的な言葉で表現することは、とてもできないだろう。それには〈視点をぼかして表現する〉

方法を見つけなければならない。私なら〈心うつろに、あるいは物思いに沈みて、長椅子に横たわるとき〉は、ワーズワースのように、ピンクの飛行機雲の記憶を大事にする。だって、飛行機雲は〈独り居の喜びなる胸の内にひらめく〉のだから。ワーズワースが水仙の踊りを愛おしく思ったように。（※この部分は、ワーズワースの詩『水仙』からの引用）

どうやら今晩は、言葉を飾りすぎたみたいだ。ピクルスでも食べたほうがいいかな。

それで、思い出したことがある。ネル伯母さんのことだ。随分、昔のことで、まだ十代と二十代の初めの三人の息子たちが、なんと同時に恋をしたのだ。それで家じゅうがため息ばかりで、ウエイン・キング楽団の甘い音楽が流れ、電話ではひそひそと、たわいのないおしゃべりばかり。ネル伯母さんはうんざりしてしまい、ときどきキッチンに行ってレモンをかじっていたそうだ。

十月五日

ローズ・ヒッビーンはランチのとき、とても静かにしていた。見かねて、ある人が悲しいことでもあるのかと尋ねた。

「とっても」との返事。

「話してみたらどう？　年齢と、時の流れと、今日の曇り空のほかに、何か悲しいことがあるの？」

「くだらないから、きっと笑われるわ」

「話してみてよ」

「分かったわ。今朝、部屋の拭き掃除をしていたら、とても古くて柔らかい雑巾が破れてしまったの」ローズはこう言って、鼻をすすりだした。「それって、夫の古いシャツで、最後の一枚だったの。〈雑巾に使えるから、このブランドの下着は古くなっても捨てるなよ〉って、いつも言われていたし、実際、役立っていたのよ……。夫も死んじゃったし、シャツも残っていない……。古いシャツのぼろ布一枚でも、悲しいの……」

ローズは席を立つと、急いで出ていった。笑う人は一人もいなかった。


孫娘のトリシアから手紙をもらった。施設のアドレス宛に送られてきたが、名前は敬称なしで、〈ハティー・マックネア〉とだけ書いてある。最近の若い人たちは敬称を大事にしないようだ。去年は孫のサミュエルが短い手紙をくれた。その宛先は〈マックネアおばあちゃん〉とだけ。孫たちから〈おばあちゃん〉と呼ばれるのは嬉しいけど、封筒の宛名に書きますかね。私に言わせれば、この国では、何もかもがカジュアルになり過ぎている。服装も、作法も、話し言葉も、いろいろな〈ならわし〉も……。慣習というか、習慣というか、社会慣習というか。それを表現するのにもっといい言葉があったわね……。不……　不なんとか、よ。

この日遅くなって

とうとう図書室に行って、〈不〉で始まる字を検索することになった。結構時間がかかったけど、とうとう見つけたときの感激。それは〈不文律〉だった。これで安眠できるというものだ。いい言葉だ。語源はなんだろうか。言葉遊びで使ってみようかな。でも、ヒントがないと無理かも。

十月六日

もし、私がカトリック信者で、懺悔に行くとしたら、多分、盗み聴き中毒にかかっていることを懺悔するだろう。外見上、盗み聴きは悪いことをしているようには見えない。だって、テラスを向いた図書室の窓際の椅子に座って、本を読んでいるだけなのだから。でも、実際は読むふりをしているだけで、すぐ近くのテラスで交わされる会話に耳を傾けている。

ポールとカーティスには申し訳ないけど、私がどれだけ笑わせてもらったかを知ったら、二人は立ち聞きされても文句を言わないような気がする。今晩のポールの話は、八十歳のタッカーという男性のことだった。ノース・カロライナの山奥に住むその男が、雑貨屋にたむろしている仲間たちに向かって、大見得を切ったのだそうだ。エリーという娘と結婚するんだ、と。

そこで一人が尋ねたそうだ。

「よく言うよ。それで相手は何歳なんだよ?」

「二十一だ」

これを聞いて男たちは鼻で笑った。「子どもを産ませるつもりかい?」

「当たり前だ」とタッカーは言って、にんまりした。

「なら、お前の嫁さんのために、若いのを一人下宿させるんだな」とだれかが言って、大笑いになった。

「そりゃいい考えだ。やってみよう」と、花婿候補のタッカーは言った。

結婚式から数週間たって、タッカーは雑貨屋の仲間に得意そうに宣言した。嫁が妊娠した、と。

「本当かい?」一人がこう言って、隣の男を肘で突っつun言った。「それで、下宿人はどう思っているんだい?」

「喜んでいるんじゃないかな」と、タッカーは少しきまり悪そうに言った。「彼女も妊娠したんだ」

カーティスは噴き出した。私は体をよじって笑った。だが、まだ話はそこで終わらなかった。今度はカーティスの番だった。「俺にもあるよ。実話で、そんなにおかしくはない。ある晩、隣に住んでいるジェフとダンスバンドの話になった。おれはウエイン・キング楽団が一番好きだと言ったんだ。するとジェフは、〈まあまあだが、ガイロン楽団のほうが上だ〉と言う。それじゃ、ローレンス・ウエルク楽団はどうだと尋ねてやった。〈好きだけど、ガイロンほどじゃない〉と、ジェフは答えた。俺は解せなくて、尋ねた」

「そのガイロンって、何者だい?」

「ほら、しびれるような管楽器の楽団、ほら、大晦日に演奏する、あの楽団。ガイロン・バルドさ」(※本名のガイ・ロンバルドを聞き間違えたことによる)

懺悔の期間中は、盗み聴きをやめたほうがいいけど、できるかしらね。

先日、ローズ・ヒッビーンがだれかに語っているのを立ち聞きした。結婚してから長年連れ添い、まさに二人は一心同体ではないかと思えるような、そんなご夫婦がいるのだそうだ。ある日、ローズはその夫の言葉を耳にしたという。「昨日の夜、変な夢を見てさ。それで、俺は目を覚まして、独り言を言ったんだよ……」ここで、夫はけげんそうな顔で妻を見て尋ねたそうだ。「なあ、お前、俺って、どんな〈独り言〉を言ってた?」

第九章 心の友

十月八日

すぐに日記に書かなかったのは、書いてしまえば、それで忌まわしい事実が決定的になってしまいそうだったからだ。友人のサラ・ムーアが喉頭癌(こうとうがん)にかかってしまった。本人は数週間も前から知っていた。今は診療所にいて、もう出られない。言葉が話しづらくなっているけど、〈化学療法は断った〉と、なんとか私に語ってくれた。これは責められない。化学療法だと、いろいろと不快な症状が出てくるし、サラの場合、痛みを和らげられても、一時しのぎだろうから。

そんな苦境にある人に、どんな言葉をかけたらいいだろう。まったく言葉を思いつかなくて、うろたえ、どぎまぎし、本当に悲しい。サラと私は数か月前から仲が良くなって、二人とも喜んでいた。特に私はそうだ。施設に入所している人たちには、サラと同様、優しくて思いやりのある人が大勢いるけど、明朗さと気持ちの強さでは、彼女にかなわない。言葉遊び〈スクラップブル〉を教えてやったら、ひどい言葉を思いついて、二人で笑った。

私は「チクショウ、チクショウ、チクショウ」と、言いながら、部屋の中をぐるぐる歩き回っていた。親友に起こっていることが許せなかった。サラは七十三歳だから、こんなふうに言う人もいるだろう。「いい歳だよ。長生きをした。もう、逝かせてやりなよ」、と。でも、私はまだ許せない。サラ本人もそのはずだ。

サラの人生は楽ではなかった。たった一人の子を失い……。夫も失い……。最近では、仲良しの兄リチャードも他界していた。それだけではない。生きていくために働かなければならなかった。最近、こんなことも言っていた。この施設に入ったおかげで、思ってもいなかったぐらい安心した気持ちで晩年を送れるって。ちゃんと心配をしてくれる人がいて、料理も、掃除も、買い物も、そして、洗濯もしなくてすむ。それを感謝していた。診療所の看護師と職員を愛し、介護の世話を受けるのを喜び、そのまま何年かは生きていけるものと思っていた。

サラが施設で一番大事にしたのは、読書の時間だった。ずっと本を読む時間がなくて、不満だったそうだ。施設では、時間も、そして立派な図書室もあるので、読書を心行くまで楽しんでいた。これから読む本のリストも二人で作った。

もう一つ二人に共通していたのは、〈家事が嫌い〉ということだった。何度、同じ家具の埃(ほこり)

を払っても、何度、同じポーチを掃いても、まったくつまらないということで、意見が一致していた。

二人の夢をかなえるために貯金もしていた。アラスカへの船旅（夏ではなくて、料金の安い春か秋）をすること。癌にかかったとすると、サラはインサイド・パッセージ（※シアトルからアラスカまでの水路）も、見事な氷壁も、シトカの町も、ノームの町も、もう見ることができなくなる。

最悪なのは、サラは何週間か、いや、何か月間か、苦痛の時間に立ち向かわなければならないことだ。喉頭癌（こうとうがん）患者の大半は、ヘビースモーカーであった人だと聞いたことがある。サラには喫煙の経験がない。何か悪いことをしたのだとは思えない。だから、どうして？　なぜ？　チクショウ！

〈チクショウ！〉と、ぼやきながら部屋の中を歩き回るということについて言えば、なんだか私、独り言が増えてきたような気がする。しかも、ひどくなる一方だ。ある日のこと、ホールに通じるドアが少し開いていた。するとコーラが軽くノックをして入ってきて、こう言った。

「大丈夫、ハティー？　ランチに行く途中だったけど、口論をしているような声が聞こえたものだから」

「大丈夫よ」と、私は答えた。「一人で口論をしていたの。どっちが勝ったか、それは分からないけど」と付け加え、声を出して笑った。

十月九日

これは、ティリー・ホートンから聞いた話だ。「うちの二人の孫たちが自動車の運転の練習をしているんだよ。男と女で、どっちも十五歳だ。免許が取れるすれすれの年齢さ。怖いだろう? なぜだか、自分の子どもが練習していたときよりも心配になるんだ。これって、昔よりも、道を走っている車が増えたせいじゃないかなあ」そして間を置いて、さらに言った。「それに、自分が歳を取って、昔よりも〈心配上手〉になったせいかな?」

私たちの名前って、どうなっているんだろうか。ハティ、ローリー、ティリー、ローディ、そのほかいろいろな名前がある。

ある日、名前談義になって、コーラ・ハンターが言った。

「どうして、私の母親は〈コーラ〉なんて嫌な名前を私に付けたのかしら?」

「あら、私の名前なら、どうよ?」と、私は口をはさんだ。「ずっと嫌いだったの。ダフネとか、メリサとか、クロティルダ、ジャクリーン、そんな名前もあるのに、私はずっとハティー。

母が自分の妹のハリエットを、そんなに好きじゃなければよかったのにさ」

ティリーが言った。「でもよ、厳格な新教徒たちが娘につけた名前よりは、ましだったわよ。フェイス（信念）、ホープ（希望）、それにチャリティ（慈善）。こういうのは、まだいいわ。実際、いい名前よ。でも、その程度じゃ終わっていない。いろいろな徳目にまで及んで、マーシー（慈悲）とか、ピティー（同情）なんて名前まで登場したのよ。モデレーション（節度）という名前をもらった女性もいたそうだわ」

私たちは大笑いした。「その人の愛称はモッドだったのかしらね？」

「それよりひどいのを私、知ってるわ」と、コーラが言った。「うちの家系を調べていたら、ニューイングランドの祖先にオビーディエンス（忠実）という名の女性がいたの。本当の話よ。小さい赤ん坊にこんな名前をつけるなんて、想像できる？」私はこれを聞いて思った。その女の子の愛称は〈オビー〉だったのか、それとも〈ビーディ〉だったのだろうか、と。

十月十一日

サラは痛みが極限に達して、ほぼ一日中、鎮痛剤が必要になってきた。面会に行っても、反応がない。ときたまだが、気分がましなときには、私に気づいて微笑んだり、手を握ったりしてくれる。そんな機会が欲しくて、私はよく彼女を見舞う。サラには会いに来てくれる家族がいない。看護師たちはみんな優しくしてやっている。でも、親しく手を握ってやる人が一人は必要だ。

十月十三日
鎮痛剤でサラの体が痛めつけられている。投与量は最大になっている。これからの数週間が怖い。

十月十五日
サラが肺炎を併発した。今朝、聞いたときには、思わずつぶやいてしまった。「神を称えよ」苦しみが短くてすみますように。肺炎で死ぬ場合、痛みは少ないと聞いている。
ところが朝食のあと、ダイニング・ルームに行って看護師長と話をしたら、サラはペニシリンを大量に投与されることになりそうだという。
「フレイザー先生は、今朝、出勤されたら、間違いなくそう指示されます。サラさん、熱がとても高いんです」と、看護師長は言った。

「そのときには、まず私に話をしていただかなければね」と、私は言った。すると、看護師長はけげんそうな顔をした。私自身、なぜ親友のためにこんなに必死になっているのか、驚いてしまった。

フレイザー先生が出勤すると、先生と私はどこまでも堂々巡りだった。

「肺の状態がこうなると、必ずペニシリンを使うんですよ。決まった手順なんです」

「そうして命をつないで、苦痛を長引かせるんでしょう？ よくそんなことができますね」

「どんな方法でも、命を維持させるように教えられているんです」先生はこう言うと座りなおした。私が口を出したので、忍耐も限界に達している。

「あなた、身内の方ですか？」

「いいえ。身内がいないんです。私は親友です。数週間前、生前遺言状に補足を加えているのをちゃんと見ましたよ。それを読んでいただければ、先生のペニシリン療法を希望していないことが分かりますよ」

先生は顔をしかめた。私は言葉を急いだ。「少なくとも、私が事務所に行って、サラの遺言書を持ってくるまで、待ってもらえませんか？」

「分かりました。でも、急いでくださいよ」と、先生は不承不承に言った。

私は大急ぎで事務所に行くと、信頼できる若い女性職員に事情を説明した。そして、十五分もたたないうちに、遺言書を広げ、手書きした補足の箇所を指さしていた。

「まだ命をながらえていて、回復の見込みがない病気にかかり、肺炎を併発するようなことがあれば、ペニシリン治療も、抗生物質の治療も希望しません」こう書いてサラの署名があった。その下に日付があり、それは三か月前だった。

「ほらね！」と、私は得意になって言った。すると医師が言った。

「いや、ちょっと待って。証人の署名がない。生前遺言には証人が必要なのに、補足書には署名がない」

「自筆ですよ。署名もちゃんとして、日付も入れた。私、見たんです。私も同じ補足書を書いたんです。おんなじ日に」と、私は抗議した。

先生はまるまる二分間、じーっと私の顔を見ていたが、最後には肩をすくめて、「気に入りませんね。まったく、気に入りませんね」と言った。それでも、向きを変えると、看護師長にはなんの指示も与えずに、別な患者の診察に行ってしまった。

十月十六日

サラのことを思っていたら、エミリー・ディキンソン（※米国の詩人）の詩を思い出した。

心はまず　快楽を求める
次には　苦痛からの逃避を
次には　わずかの鎮痛剤を
苦悩を止めるために

次には　眠りを
次には、もしそれが
異端審問所判官の意思であるようなことが　あれば
死ぬ自由を

これこそ、私がサラのために望むものだ。「死ぬ自由」

十月十八日

サラ・ムーラーが今朝、静かに息を引き取った。主を称えよ。

十月二十日

サラの告別式が礼拝堂で執り行われ、施設の入所者ほとんど全員が参列した。たくさん友達がいたのだ。

クリスティン・サマーズは並外れた美声の持ち主だが、讃美歌『安かれ、わが心よ』を歌ってくれた。ジャン・シベリウスが作ったこの歌は、交響詩『フィンランディア』と同じ奇麗なメロディーである。この讃美歌でも、特にこの一行が私は好きだ。〈憂いは永久に消えて輝く……〉

チャップラン・ブルーワー牧師が、聖書の元気が出る部分を選んで、読んでくれた。〈私の父の家には、住まいがたくさんあります〉というところでは、私の目には涙が溢れていた。サラ、あなたはきっといい家に住んでいるわよね。全自動の家に。掃除の必要もない家に。ひょっとすると、天使たちが全部やってくれるのかな？　掃除好きの天使が。

チャップラン・ブルーワー牧師は、ちょっとばかり気の毒だ。というのは、彼は数多くの告別式を仕切らなければならないからだ。この仕事を始めたときに分かっていたことだろうが……。死は施設では現実に起こることで、決して珍しいことではない。そのことを私は切実に感じさせられている。

サラがいなくなってさびしい。彼女が住んでいたD棟は、もう通りたくない。そうだ。忘れるところだった。あのフレイザー先生が告別式に来てくれたのだ！　私を変な目で見ていた。何を考えていたのだろうか。でも、先生も来てくれた。それで先生が前よりも好きになった。

第十章

愛しの廃墟

十月二十三日

途方もなく多くの時間が、ただ生活を送っていくだけのために費やされているような気がする。同じ行動で、あっちへふらふら、こっちへふらふら。今日も同じ、明日も同じ。しかも、それで何かがどうなるものでもない。服を着ては脱ぎ、食べては排泄し、ベッドを作っては片づけ、爪を磨いては伸びるのを確かめ。

こんなことを思うのは愚かなことかもしれない。老齢の日々の仕事の単調さがもたらすものだろう。だって、墓場以外には明確な目標がないのだから。ちゃんと生きていくためには、日常の仕事を欠かさないことが必要だということは分かっている。でも、ときには変化が欲しい。さもなければ、繰り返しの行動にもっと意味を与えるような、そんな何かが欲しい。

E・B・ホワイト（※米国の作家）も同じような気持ちで、こう書いたのかもしれない。

通勤者　それは　人生を
妻のところへの往復で　費やす人
髭をそり　電車に乗り
髭をそるために　また戻る人

十月二十四日

施設ではドライアイの人が多いので、眼科医が〈人工涙液〉を処方してくれる。でも、私には必要がない。悲しい出来事が多いし、つらい記憶もたくさんあって、ほぼ毎日、自然に私の目は充分に潤っている。

最近、映画の悲しい場面を見るのがつらくなった。以前は、「何よ、映画じゃない！」なんて言っていたものだが、今は涙が出る。白髪と一緒に人は弱くなるのだ。感動的なものにはすぐ反応してしまう……。コントロールが利かなくなったら、どうしようかしら。

多くの入所者が自分たちの〈終の棲家〉、そう、この愛すべき施設が、〈介護老人施設〉に変わりつつあることを心配している。

これまでの規則では、人の介助を受けないで歩行ができて、着替えができて、ダイニング・ルームへ行けることが、入所の条件だった。それが緩くなって、憂慮すべき状態に達しているのだ。

施設の訪問者にすれば、哀れな状態の人たちがロビーのあちこちの椅子に座り込み、居眠りをしたり、口をだらしなく開けている姿を見るのは、かなりショッキングだ。


私は入所者協議会の会長（なんたることか！）として、この問題について施設長に申し入れてほしいと要望された。施設長は、受け入れで若干の問題があったことは認めたが、入所者の身体機能が低下したのは、大半が入所後のことだと言った。

施設長は、私が考えたことがないことを一つ言った。「寿命が延びただけではないんです。健康状態も良くなっているんですよ。それで入所手続きを先延ばしにする。以前は入所時の年齢は、平均で七十四歳でしたが、今はそれが八十二歳。実際に入所可能となったときには八十五歳になっていたりするので、なかにはすぐにおかしくなる人が出てくるんです」

唯一の解決策は、三つのタイプの受け入れ施設を用意することではないかと、私は思う。第一のタイプは、まだ元気で活動できる人たち向けである。第二は、中程度に身体が不自由な人たちと認知症がかってきた人たち向け。そして第三は、まったく寝たきりの人たち向けとする。今の施設には、第二に相当するものがない。きっと作られることはないだろう。資金もないし、建てる敷地もない。

私は聴力が弱り始めているので、はっきり言葉をしゃべらない人たちに対していらだつようになってきている。私は〈相手が理解できるように話しなさい〉と教えられて育った。独り言のようにブツブツと、わけの分からないことを言ってはいけない。相手が神経を集中しなければならないような話し方は、失礼だ。

今では、顔をしかめたり、手を耳の後ろにカップのように当てたりすると、「補聴器をつけたら？」と言われるのが落ちだ。私はむしろこう言いたい。

「明瞭に話しなさいよ、バカ。はっきりしゃべりなさい！」

十月二十六日

昨晩だったか、一昨日の晩だったか、感情的になること、泣きたくなることについて書いた。

今晩は、本当に大声を出して泣いてしまった。それにはそれだけの理由がある。

私はラジオのＦＭ放送を聞いていた。その局には、発音も明瞭で、音楽のセンスもいい男性アナウンサーがいる。彼が、とても古い録音だけど、グッとくる曲を見つけたというのだ。それはアイルランドの詩人トーマス・ムーアが書いた詩をアルマ・グルック（※ルーマニア出身のソプラノ歌手）が、かなり前に歌ったものだという。この歌は私が結婚したときのささやかなホームパーティで、センチメンタルそのものになってしまい、夫に歌ってもらったものだった。

春の日の花と輝く
（※この部分は堀内敬三による訳詞で、原詞はアイルランド民謡）

信じておくれ　今　僕がいとおしく眺めている
人を引き付ける　君の若き魅力が
明日には　消え失せ　僕の腕の中で
妖精の贈り物のごとく　消え去るとしても
君は今と同じく　愛されるのだ
美しさが　色褪せようと
愛しの廃墟では　私の愛が

若草のごとく　いつまでも　茂っているのだ

私の夫のサムはいい声をしていて、結婚記念日にはいつもこの歌を歌ってくれた。私はこの歌が大好きで、しまいには夫が、歌詞の《愛しの廃墟》のところで、笑いだす始末だった。原詩の比喩表現が大好きだったわけではないが、サムは私を〈愛しの廃墟〉と呼んで喜んでいた。ほかにもいろいろあだ名をつけられたが、忘れられないのは〈かわいそうなおばあさん〉だった。

十月二十七日

診療所の廊下を歩いていると、病室の戸口に立っていた患者が「入って」と手招きをした。「話したいことがあるの」と、その人は言った。「ちょっとお話しするわ。ほかの人には聞かれたくないことをお話しするわ」、と。

私は一緒に部屋に入った。その人は窓際に立って外を見ていた。

「ねえ、私にどんな話があるの？」と、私は尋ねた。

「話って？」と言って、その人は私を振り向いた。「なんの話？」

やれやれ、どうなっているのかしら。

十月二十八日

町でちょっと買い物をする用事があって、出掛けた。施設から出られない友人のためだった。帰る途中、アメリアの家に立ち寄って、落ち着けるキッチンでお茶を頂いた。アメリアの二人の子どもたちが、サイドテーブルで宿題をやっていた。それで自分の子ども時代を思い出した。

アメリアは例の〈葛の館計画〉はどうなっているのかと尋ねた。私は、所有者のアンドリュー・ホスキンズ氏を訪問したのが災いして、急停止してしまったと話した。すると、アメリアが言った。

「だから言ったでしょう。あの人は絶対、無理だって……。でも、おかしいわね。昨晩、あのホスキンズ氏のことで思い出したことがあったんだけど、ミス・ミーニャ・マッケンジーと関係のあることよ」

「本当？」

「本当よ。母から聞いた話なんだけど。ええと、ね……。ミス・ミーニャが一、二年、ピアノを教えていたことがあったんだけど、なかに十五歳くらいの生徒がいたとか。かなり太っちょの、ね。そう、それがアンドリュー・ホスキンズだったの。太っちょの姿はとても想像できないわね。今は痩せこけているんだから。きっと若年性肥満だったのね。そのころ、私の母もレッスンを受けていて、レベルアップを図ろうと考えていた。そうすれば、子育てをしながら、家でピアノが弾けるからって」

「覚えているわ。コンバース大学にいたとき、とても演奏が上手だった。ピアノを専攻しなかったのが惜しいと思っていたわ」と、私は言った。

「そう、上手だったわよ」と、アメリアは言ってうなずいた。「今でも上手。それはそうとして、ミス・ミーニャの生徒たちが、親の前で演奏をすることになったの。ところが、アンドリューは自分の出番だというときになって、外に逃げ出してしまった。それ以来、ミス・ミーニャのところに顔を出すことはなかったそうよ」

「どうしてかしら？　舞台恐怖症？」

「いいえ。ミス・ミーニャが選んでくれた曲のタイトルが、気に入らなかったのだって。一番肥満の生徒が演奏するのが『象さんのワルツ』だってミーニャが紹介したら、みんなに笑われると思ったのよ」

二人で大笑いしたけど、アンドリューに罪はないということで、意見は一致した。

十月二十九日

今日は図書室に詰める番だった。ミス・ミーニャが本を借りにやってきた。私はアメリアから聞いた話をした。彼女は笑ったが、悲しそうな顔も見せた。そしてこう言った。

「かわいそうなアンドリュー。悪気はなかったんだけど、いけないことをしちゃったのね。体重のことであんなに敏感になっているなんて、考えてもいなかったの」

「成長期は難しいわよね。どうしてあんな時期があるのかしら。アンドリューはそのあとレッスンに来たの？」

「来なかったわ。ずっとそれで私、後悔していたのよ、ハティー。謝らずにきたのを申し訳ないと思っている」

十月三十日

昨夜、ベッドの中で名案が浮かんだ。まだ、ミス・ミーニャが謝るのに遅すぎるということはないのかもしれない！

今朝、ミス・ミーニャに会いに行って、思いついたことを話した。〈葛（くず）の館（やかた）〉の状態を話し、なんとか素敵な若い夫婦を助けたいということと同時に、危機に瀕（ひん）している小さな懐かしい家屋を救いたいことを説明した。

「さあ、どうかしら。随分、昔のことだし。もう六十年も前のことだわ」

ミス・ミーニャの顔には心配そうな表情も浮かんでいたが、〈やってもいい〉と言っているようだった。眉毛と目の様子がその証拠だ。ミーニャはしっかりした骨格を維持しているし、容姿も上品さを保っている。大抵の人は、特に体重の増えた人などは、失ってしまっているのに。

そこで、ふと思った。ミス・ミーニャがいつまでも若いのは、苦労する夫と子どもがいないからではないのか、と。でも、そう考えたことを、途端に反省した。**みなさん、ごめんなさい！**

「遅くても、しないよりはましよ、ミス・ミーニャ」と、私は促した。「高齢者がやることなんだけど、自分の一生を振り返っていたら、あのときのことを思い出して、一言お詫びをしようと思ったって、そう言えばいいのよ。まだあの人に一かけらでも良識が残っていればだけど……」

「ああ、それは大丈夫よ。いい子だったもの」

「もし、そうなら、話題をあの屋敷のことにすり替えてくれればいいわ。現場を見たら、悲しくなったって言ってちょうだい。ああ、今日の午後、あなたを案内するわね。でも、いい？　だれもあなたを悲しい気持ちにさせようなどとは考えませんからね」

ミス・ミーニャは自信がなさそうだったが、笑みを浮かべて言った。「私もあなたを悲しい気持ちにさせたくないわ。とっても説得力があるんですもの」

〈葛の館〉を見に行くだけではなく、私は車で所有者のホスキンズ氏の所に行くことになった。

ランチのあと、まずは近くの〈葛の館〉に向かった。ショッキングだったのは、刈り取るのにあれほど苦労をした蔓が、また陣地を挽回していることだった。車から見ただけだったが、ミス・ミーニャは無人の館と、ほったらかしの庭を眺めて、悲しそうに首を振った。

ドレイトンの町への道中で意見を統一して、私はホスキンズ氏には会わないことにした。タウンスクエアに着くと、私は車を駐車して、ミス・ミーニャに二階のオフィスの入り口を教えた。でも〈急な階段は自信がない〉というので、自宅に向かって、そこで接触できるまで粘ることにした。

幸運にも、すぐに接触することができた。

敷地内の道路に停めた車の中から見ていると、ミス・ミーニャは慎重に表玄関まで歩いて行って、ベルを押した。ドアがほんの少し開かれ、次に大きく開かれた。私に見えたのは、ミス・ミーニャを招き入れるホスキンズ氏の手だけで、ドアは閉められてしまった。

待っている間、私は持ってきた雑誌を読もうとしたが、うまく行かなかった。〈**ああ、神様。あの男が乱暴な口をききませんように**〉。私は不安だった。私はとんでもない、おせっかい焼きになってしまったんだろうか。

三十分が経過した。少しは安心だ。だって、クリスティンと私は五分で追い出されたんだから。

それからさらに十分が経過。声が聞こえてきた。ホスキンズ氏がミス・ミーニャの手を取って階段を下りてくる。二人ともにこにこしている。私の心は喜びに震えた。

ホスキンズ氏は車のドアを開けてやったが、運転席に座っている女性には無関心だった。ミス・ミーニャがベルトを締めると、私は注意深くバックさせ、オレアンダー通りを走り出した。

ミス・ミーニャは手を振ったが、ホスキンズ氏の姿はもう見えなかった。

「ハティー、あなたって魔法使いね！」ミス・ミーニャはこう言って、私を振り向いた。「かわいそうだった。あの人、独りぽっちなのね。見せてくれたのはアルバムよ。それも奥さんのアニーの写真ばかり。菜園や、ずっと飼っていた犬の写真も何枚かあったけど。ビーチで撮った写真もあったわ。アニーがすべてだったのね」

「それで……うまく話が……？」

「館（やかた）のこと？　はい、はい。うまく切り出したわ。考えてみるって……。借家にすることも、考えてみるって」

「アーサーの家族に？」

「そのはずよ。そうなると、アーサー本人が話しに行くことね」

実際、どういう展開でこうなったのか理解できなかった。分かったのは、野球で言えば、クリスティンと私は三振を食らったのに、ミス・ミーニャはホームランを打ったのだ。私はその理由を考えてみた。ソフトな声のせい？　素敵な笑顔？　どうやら……ホスキンズ氏の過去と関係がありそうだ。

自分が幼いころから知っている優しい顔が、今、目の前にある。自分の前にいて、詫びを言い、許しを求めている。そうなれば、それを拒絶できる人は、この世にはいないだろう。主を称えよ。この残酷な世界にも、おせっかい焼きの出番はまだあるようだ。

十月三十一日
アーサーはすでに所有者のホスキンズ氏に会いに行っている。
「あの人は難しい人ですよ」と、アーサーは私との会話の最後に言った。「荒れるがままほうっておいたのに、家賃を取るって言うんですから。人間味のない人ですね」

「昔、仕事をしていたときに戻ってしまったのね。厳しくすることで儲けた人だから。でも、思い悩むことはないわ。あなたならきっと気に入られるわよ」

「さあ、どうなるか、やってみますよ。あそこをぴかぴかにしてやりますよ。気になっているのは、あなたやミス・ミーニャ、クリスティン・サマーズさん、それと二人の男性にどう感謝していいのか……」

「それは心配しなくてもいいの」と私は言って、アーサーの腕をたたいた。「私たちは、あなたやドリー、それにお子さんたちがあそこで生活してくれれば、それで嬉しいの。それに、男の子か女の子かも知りませんが、次の子もね。それはそうと、ドリーの具合はどうなの？　それから、子ども部屋の準備は大丈夫なの？　家具も十分じゃないでしょう？」

「そう、十分じゃありません。でも、ドリーがちゃんとしてくれていますから」とアーサーは言って、嬉しそうに笑った。さらに、ためらいがちだが、こう言った。「なんとかやりくりしますよ。心配は要りません。中古の家具を見つけます。重要なことは、部屋数が増えることですよ。本当に、広くなるってことはすごいことですね！」

アーサーは〈あれがない、これがない〉と哀れっぽく不平も言えたのに、それは彼の流儀ではなかった。私たちがしてやったことを喜び、感謝していたのだ。かくして、私のおせっかい焼きの虫が、またぞろ騒ぎだした。なんとかしてお金を工面して〈葛(くず)の館(やかた)〉の家具を買いそろえるのだ。

施設の食事はバイキングスタイルなので、並ばなければならない。しかも、我慢できないほど長い列になるときもある。座って、列を作って待てるようにベンチが用意してあり、ベンチのそばの壁にメニューが貼ってある。待っている間に、メニューを〈四十回！〉読んでから決める。

つい最近だが、ランチにキッシュが選べることになって喜んでいたら、列に並んでいた男性はメニューを読み間違えていたようだった。

「クイッキーって、一体、どんな料理だい？」

第十一章
お祝い

十一月一日

最近、テネシーから興味深い招待が届いた。友人の〈十七回目のクインクェニアム〉に出席してほしいというのだ。それで辞書で調べる羽目に陥(おちい)った。〈クインクェニアム〉とは五年の単位のことだと解って、鉛筆と紙で計算したら、友人のジョージは八十五歳を迎えていることを知った。八十五という数字は、特に男性にとっては、いい数字だ。

夫のサムとよく話題にしていたのは、大抵は妻のほうが夫よりも長生きするが、それはどうしてだろうかということだった。少なくとも、私には不思議だった。夫は、当然のことで、なんの不思議もないと言った。男が先に死ぬのは、必死に働いてストレスを受けるからだ、と。まあ、そういう時代もあったでしょうが、今の時代、仕事を持っている女性は大勢いるし、男性同様、必死に働いている。加えて、女性には子育てもある。

女性は元気な遺伝子を受け継いでいるのだろうか。心臓や肺を大事にしているからだろうか。女性には、男性ほどのヘビースモーカーはいないように思える。

私と同世代の女性の多くは、派手なコマーシャルの影響でタバコを吸うようになったように思う。「私の方に煙を吐いて」というコマーシャルがあった。たしか、月明かりの下、かっこいいオープンカーに乗った素敵なカップルが丘を登っていくコマーシャルだった。ほっそりした女性を出演させた「お菓子の代わりにラッキー（※タバコの銘柄）を」というコマーシャルもあった。それが思わぬ波紋を引き起こして、製菓会社がタバコ会社を提訴する大騒動になった！　それでコマーシャルは放送中止に！

昨晩、ＦＭ放送で特別な楽しみをもらった。ヘンリー・マンシーニとジェームズ・ゴールウエイが二本のフルートで、『七十六本のトロンボーン』を演奏したのだ。最高だった！

十一月二日

夕食のあと、なん人かが一階に座り込んで、〈人生で何がしたかったか〉という話題になった。私はハンググライダーに乗るだけの勇気が欲しかったと言った。山から飛び出して、谷の上をふわふわと飛行するのだ。ハンググライダーの滑っているような優雅な飛行、そう、静かな滑空に見えた。とても奇麗だった。

エドウィンが言った。「僕は嫌だね。大勢が墜落しているんだよ。でも、気球なら乗ってもいいかな。絶景を見下ろしながら飛んでいくんだ……。アルプス山脈、イタリアのコモ湖、それから……」

「秋のアパラチア山脈もいいんじゃない?」と、だれかが言った。

「そうだね。アイルランドの田舎もいいな。緑がずっと続いているんだ。その上をゆっくり、静かに飛んでいく。牛や羊が群れているその上を……」

「俺は潜水艦に乗って、潜ってみたかったな」と、カーティスが割って入った。

「冗談だろう! あんな窮屈なものによ」と、反対する声。

ティリーが言った。アイススケートをするか、あるいは「スキって」みたかったって。(スキーの過去形は、これでよかったのかしら?)南部では、最近まで、スキーは女性には許されていなかったのですよ。

私が「銀のフルートで聖歌を演奏してみたかった」と言うと、ルシアスが「そうだ」とうなずきだした。

「気持ちは分かるよ。僕はシロフォン(※シロフォンは木琴の意味だが、ここでは鉄琴のことを述べている）を習えばよかったなあ」

「本当に？　驚いたわ。二本の小槌で金属をたたいてキンコンと鳴らす、あの楽器がたたきたいの？」

「そうだよ。それから、チューバもいいな。ウンパッパ　ウンパッパ！」

これで一同、大笑い。みんないろいろな願いを持っているんだわ！

雑談が散会になると、ティリーが私の部屋にやってきた。ワインを飲んでくつろいだ。

「楽しかったわね。自分がやってみたかったことを語り合って。私は本当にしたかったことなんて、みんなには教えられなかったんだけど」

「ここで話せば？」

「それも、そうだわね」とティリーは言って、ワイングラスを悲しそうにのぞきこんだ。

「ハティー、私、夫のラッセルにもっと感謝すべきだったわ。優しい人だった……。あの優しさが何よりも大事だったのに……。でも、あのころは分からなかったの。私は大きい家や大きい自動車が欲しかった。ロータリークラブの会長夫人になりたいと思ったし、知事や代議士の妻になりたいとも思った。私のほうがだれよりも相応しいと思っていた」

私はラッセルとの面識はないし、このティリーだって、知ったのは最近だ。言うべき言葉がなくて、私はワインをちびりと飲んだ。ティリーは立ち上がって窓際に行き、外に目をやった。顔の表情は空と同じで、曇っていた。

「そんなに優しい夫が、愛情があり、心強くて、ユーモアのあるそんな夫が、ずっとそばにいてくれたのに、死んでいなくなるまで気がつかなかった。お葬式に来てくれた人の多さに驚いたわ。みんな私よりも知っていたのね。私も感謝しているのに、夫には最後まで言わずじまいだった。ああ、夫がここにいてくれたらいいのに！　ほんの五分間でいいから。そうしたら、私はどうするのか……。きっと夫が気持ちを察してくれるわね……。ああ、ハティー、私はばかだったわ！」

ティリーは泣き出してしまい、慰めの言葉をかけないうちに部屋から出ていった。私はみじめな気分だった。後悔を始めたり、悲しく思い始めたら、もうその感情は抑えようがないのよね。〈わが胸は悲しみに打ち沈む〉、これはハウスマン（※アルフレッド・エドワード・ハウスマンは英国の詩人）の詩のはずだわね。それとも、別の人だったかしら。

人は過去と未来をあおぎ見て
今は存在しないものを嘆く

あ〜あ。

この日、あとで考えたこと

三十代前半の女性たちの大きな話題は、子どもを産めなくなる年齢の到来だ。歩数計で長い距離を積み重ねてきた私たちは、(口で言わなくても)寿命時計が確実に時を刻んでいることを考えることが多い。

カウントダウンは続いているのだ。四、三、二……と。「九月になると、日が短くなる」という。もう十一月は目前だ。「この貴重な時間をあなたと過ごしたいわ」と言っても、あなたの人生にかつていた〈あなた〉は、もうそこにはいないことが多い。時計は歩みを止めず、だから、素敵な二人乗り用の自転車ではなく、一人乗りの自転車をこぎ続けなければならない。

雨の日には、こんなつまらないことを考える。特に寒い十一月になるとそうだ。

最近、みんなで笑ったことがあった。ある男性は自分が歳を取ったように感じて、まだ青い状態のバナナを買う勇気が無かったというのだ。私は以前、チャールストンの新聞に一年に一度の割合で投稿していた。今は半年に一回だ。それを三か月で一回に変えようかと思っている。

だれだったか、コメディアンだったかな？　その人がこんな話をしていた。「私は死ぬのは怖くないんだ。ただそのときに、現場にいたくないだけなんだ」

でも、それは絶対にやってくる。そのときはワンウーマン・ショーだ。応援団も、チーム仲間もいない、ソロの演技だ。悲しいことだが、観客はいるだろう。自分の子どもたちだ。そのときは私だって、きっと周りにいてほしいと思うだろう……。でも……。もしも、ですよ。もしも信念に反して、最期のときに勇気を失って、めそめそし始めたら……。

私は黒人霊歌が好きだ。特にメロディーも歌詞も悲しいこの曲は、いつ聞いても迷いを起こさせる。

孤独の谷へ　独り　行くのだ
孤独の谷へ　たった独り　行くのだ
一緒に行く人は　だれもいない
孤独の谷へ　たった独り　行くのだ

ジニーバ・ティンケンは、最近、死ぬことばかり口にしている。先日はロビーに座って、大きな活字の聖書に没頭していた。私が足をとめて話しかけようとしたら、手で拒否された。

「今はおしゃべりできないの、ハティー。卒業試験のための詰め込み勉強中」

やれやれ、だ。私は明日、施設のカントリー・ストアにでも行って、何か変わったものでも買ってくるかな。ヨーグルトやサッカリンが入ったのはやめて、本物のアイスクリームに砂糖、ナッツ、チョコレートが山盛りのコーンも食べたい。それも、ダブルでね。

さらに、この日の遅く

どうにも、私の頭から死を追い払うことができないようだ。『死の考察』というブライアント（※ウイリアム・カレン・ブライアントは米国の詩人）の詩を読んで、まだティーンエイジャーだった私は感動したことがあったが、その一節はこうだ。

揺るがぬ信念を
支えと慰めにして
墓場に向かうのだ
長椅子の覆いを身にまとい

夢路につく者のように

ブライアントの激励の詩を初めて読んだとき、私は高潔すぎるほどに空想的な忠告だと思った。このころ、私にはまだ死ははるか遠くの出来事で、非現実的な概念、幻想に過ぎなかった。自分には無縁のことと思っていたと言ってもよい。

その非現実的なことが日ごとに現実味を帯びるにしたがい、ちゃんと心構えをしておきたいと思い始めた。多分、自分の〈寝床〉のカーテンで、この体を包む練習をすることだ。それも、心が落ち着いて、慰めが感じられる方法で。

もちろんのことだが、愛する日記さんよ。ブライアントの詩の主題は、次の一行にあることは知っている。〈だから、生きるのだ　お召しがあるまで……。〉でも、そのような角度から考えるには、もう遅すぎるのよね。

十一月三日
アーサーとドリー夫婦が新しい家に入居した！　所有者のホスキンズ氏が態度を軟化させ、賃貸を認めたのだ。一年契約だが、心配することはない。きっとアーサーはあの屋敷の状態を改善して、「どうか住んでくれ」と、あの老人に言わせるだろう。数年後には買い取りを了承させたいと、アーサーは言っている。

この若夫婦はとってもいいことをしてくれた。土曜日の午後予定の引っ越し祝いパーティに、施設の住人全員を招待したのだ。暖かい日であればいいのだが。

十一月五日

今日は素敵な、暖かい一日だった。感謝。大勢の人は歩いて行き、また午後には施設のバスも〈葛の館〉まで二往復してくれた。建物に絡んでいた蔓はとっくに処分されているけど、私は今もこう呼んでいる。そう、アーサーの同僚たちが〈一斉除草作戦〉を実行してくれたのだ。営繕係が長い折りたたみテーブルと折りたたみ椅子を運んで、松や樫の木の下に設置してくれて、ドリーと母親が二人して、テーブルにおいしいカントリー料理を山盛りに並べていた。

ドリーの声が聞こえてきた。だれかが手作りドーナッツとリンゴジュースのお礼を言ったのだ。ドリーは言っていた。「あら、施設のみなさんは家族みたいなものですから！　こんなことをしていただいて、感謝しているんですよ。さあ、家の中を見てください。まだ何もそろっていませんが、奇麗にしてありますから。ここは気に入りました。アーサーは外の壁にペンキを塗りたいようです……。そのうちには……」

私にはドリーの言いたいことが理解できた。「ペンキを塗るだけのお金が貯まったら」という意味だ。間違いなくアーサーはお金を貯めるだろう。アーサーの丁寧な仕事をもってすれば、華麗な窓枠も、個性的な手すりも、真っ白いペンキで際立つだろう。

アーサーは何人かの手を取って、階段を上るのを助けた。顔中に笑みを浮かべている。これを実現させた私たちへの視線には、それだけの意味があった。

アーサーの二人の子ども、アーティーとクリフは、興奮で圧倒されていた。恥ずかしそうにしているのが可愛くて、私たちにはちょうどよかった。私たちの世代は、〈ずうずうしくて、うるさくて、利口ぶる〉子どもには、うんざりしているから。

家はふき掃除がされ、完璧に磨かれている。しかし、このがらんとした室内はどうだろう。四歳のアーティーが私の手を取って案内してくれた。「六つも部屋があるんだよ。大きい部屋が六つもあるんだ」そう言ったアーティーの誇らしげな声。

居間には、鉢植えのシダが窓際の床に置いてあり、それに椅子が二脚あるだけ。ダイニング・ルームには家具がまったくない。寝室の一つにはアイロン台があった。そしてキッチンにはトランプ用のテーブルと椅子が四脚。幸いなことに、キッチンには作り付けのキャビネットがあって、状態も悪くなかった。

十一月六日

クリスティン、ローリー、ルシアス、シドニー、それに私の五人で、夕食後に〈幹部会議〉を開いた。勝手に〈葛(くず)の館(やかた)委員会〉というのを作って検討し、緊急議題は家具の件とした。

十一月七日

今日はお金を作るアイデアを出し合った。ガスタは「ヤードセールがいいわ。どでかくやりましょう」と提案した。

これは残念ながら採用されなかった。私たちはがらくたどころか、かけら一つも持っていない。全員がこの施設に入る前に、他人に譲ってしまったからだ。

〈福引の案〉も出されたが、これは施設側がいい顔をしないだろうということで意見が一致した。

たしかシドニーだったと思うけれど、〈思い出の夕べ〉を開いて、お金を集めたらどうかという案を出してくれた。そうすれば、みんな思い出を語り、おもしろおかしい催しになって、みんなも参加したがるのでは、と。それに、今、集まって話し合っている場所の名前が〈思い出の小径〉なのだから、どうしても、面白くて愉快な晩にしなければならない。

実施するのは、クリスマスの近辺として、〈クリスマスプレゼント〉をする場面を入れることにした。だって、こんなにちゃんとした理由があるのですからね。入場料を取るのか、もし取るのなら前に取るのか、みんなが面白い思い出話で盛り上がった後に寄付金として受け取るのか、それも相談した。どう見ても、ほとんどの人が後で取る意見に賛成するだろうと、私は思う。

「がらくた」と「クリスマス」という話題について言うと、クリスマスシーズンの〈大洪水〉が始まっている。今日、郵便局に行って、どうにもしようのない郵便物を山のよう受け取ってきた。ニューイングランドから送られた冬物衣類のカタログ。南部では必要のないものだ。アイルランドから届いたクリスタルの飾り物。これも必要がない。ウイッグ（鬘）のチラシ（うーん、悲しいかな、そのうちに必要になるかも）、ニューヨークの有名専門店からの家庭道具のカタログ、そのほか、もろもろ。こうした印刷物を作るのにどれだけの木材が原料になっているのだろうか。

こう考えて、思いついた一句。

ジャンクメール

メーリングリストって　嫌ね
私の名前も　あちこちに　載っているようだ
どうして載ったのかしら
どうして外すのかも　きっと分からないわ

私は「きっと分からないわ」という表現が、ちょっと気にいっている。これはオグデン・ナッシュ（※米国の詩人）が使った、とっても小さい連続音。ああ、この詩人は私のアイドルで、彼が亡くなったとき、私は虚脱状態だった。そこで、こんな詩を作っていた。今、ここでは相応しくないけど、そのときは精いっぱい考えた作品だ。

オグデン・ナッシュの死によせて

彼は逝ってしまった　だから　ユーモアの世界も縮んでしまった
でも　人の口に上らないことはないだろう

彼の軽妙な表現の引用がやまないかぎり
例えば、こうだ
〈カイー（痒い）ときは、ヒッカイ（掻い）ちゃう〉と、言った女児を紹介し
キッチンの水道栓（フォセット）と女性のコルセットの音を合わせて遊び
それから、まだ小さい大豆さえも笑いの種にした
〈小さいから、オスの豆とメスの豆を区別できない〉
こんな言葉遊びは　だれもまねができない
きっとオグデンは　悲しい別れを望まないだろう
それにしても　この詩人は見事に言葉を分解したものだ
どうか　天国でも　新しい言葉遊びを考え　それで
聖ペトロの心を　和ませてやってください

第十二章

熟考

十一月九日

今日、夕食の席での話題は、なぜだか高速道路のことに及んだ。私は、州間を走る近代的な高速道路は必要だが、単調すぎると思うと言った。

イーゼルもこれに同調した。「そのとおりよ。眠らないように大声で歌っていなきゃならないでしょう」さらに彼女は、旅行をする最近の子どもたちはかわいそうだ、とも言った。その理由は、途中に農場があるのでもないし、仔馬も見なければ、豚も、風車も目にすることがない。またポーカーをして時間をつぶす楽しみも持てないからだそうだ。

ドクター・ブラウニングはこう言った。「どこを走っているのか、地域の情報が読めないのが寂しいね。例えば、〈ここでアンダルシア郡を出てディンウィッディ郡に入る〉とかさ（あら、こんな地名はいかにもアメリカ的でワンダフル！）。「それから、こんな看板もいいよな。

〈この地域で、何とか将軍の部隊が、何々将軍率いる英国軍に奇襲攻撃を仕掛けた〉なんてさ」

「私は〈考えなさい〉と書いてあった看板も懐かしいわ」と、ローリーが言った。「あれはだれが建てたのかしら」

知っている人はいなかった。

意見が一致したのは、自動車で移動することの楽しみの半分は、有名な剃刀会社の広告を声に出して読むことだったということだった。これはカーティスが覚えていた。その宣伝文句はこうだ。〈このあくせくした世の中で、髪の毛はなくなれども、顎髭はなくならぬ！〉

味も素っ気もない、次のような現代の看板標識には、みんなうんざりしていたのね。

「前方　休憩所あり」「給油と食事は　ここで出る」「中央分離帯　駐車禁止」

さらに、次のような標識は、リズムもなければ、色彩も感じられない。

「徐行　前方　料金所」

たった一つだけいい標識があるが、それは料金所を出ると、〈サンキュー〉と書いた看板があることだって。

カーティスが言った。「時たまだが、出口標識でおもしろい町の名前を見つけることがあるよ。ノース・カロライナでは《エイペックス、フークウエイ、ヴァリーナ》というのを見掛けた」

ヴァージニアにはおもしろい発音の町があるそうだ。〈レディースミス　カルペッパー方面　出口〉、それから〈マナサス　ダムフライズ方面　出口〉。ドクター・ブラウニングはいつものように、さりげなくこんなことを言った。「サウス・カロライナにはこんなのがあるよ。〈こちら　クリントン　あちら　プロスペリティ（繁栄）〉。これって、なんとなく暗示していないかね？」

十一月十二日

ベン・クロフト、この人は私の地元の愛すべき牧師で、もう辞めているのだが、葬儀を頼まれることが多い。特に、追悼のスピーチをしてほしい人たちからの依頼だ。ベンのスピーチは故人の過去から始まる。いろいろと調べて、褒められる事柄を探し、遺族に誇りを与え、懐かしい思い出を残してやるのだ。

最近、地元の友人とばったり顔を合わせたら、こんなふうに語った。「ベンは私の葬式前に死んでしまうんじゃないかしら。心配だわ。あの人、身体の調子が良くないの。うちの子どもたちに〈ママも大した人間だったんだ〉と思わせられるのは、あの人だけですからね」

友人はしばらく思案していたが、付け加えて言った。「ハティー、いいこと？　私、ベンにスピーチを頼んで、それをテープに録音してもらうことにするわ！」
彼女はきっとそうしただろう。

十一月十五日

今日の滑稽談。

これはエドウィンが夕食の席で披露した話だ。クリントン大統領が老人ホームを訪問したときに、上品そうなおばあさんの横に座って、天気の話やら健康状態など、いろいろ話をした。しばらくして、大統領が彼女に「私がだれだか、分かりますか？」と尋ねたそうだ。おばあさんは首を振ると、大統領の手をポンとたたいて、優しい声で言ったんだって。「ごめんなさい。分からないわ。でも、あそこの受付に行けば、あなたの名前を教えてくれるわよ」

私は自分の国の大統領が〈ビル〉などと、ファーストネームで呼ばれるのは好きじゃない。何年か前の〈ジミー〉も嫌いだった。大統領の愛称は、もっと威厳のあるものでなければいけない。私が好きなのは、ラザフォード、セオドア、ウオーレン、それと、ウッドロウ。フランクリンもよかった。カルビン・クーリッジ大統領は〈カル〉と呼ばれることもあったけど、面と向かってこう呼ぶのは、どうだろうか？


ティリーが六歳の孫のことで、おもしろい話をしてくれた。その子の姉が扁桃腺を手術したら、みんながとても心配して、その上、いろいろな物を与えたのだそうだ。それを見てうらやましく思った弟は、両親の前でコンコンと咳をしたり、両手で喉を押さえたりし始めた。ところが両親は何の反応も示さないので、母親のそばに行って、こう言ったそうだ。

「ママ、急いで病院に連れて行ってよ。扁桃腺が取れちゃった」

十一月十九日

昨日、ヘクター・マックディルが運転免許証を取り上げられた。そのときの騒ぎは大変だった。

ヘクターは警察に出掛けて、ひと暴れした。何歳か年下の妻イーゼルによると、こんなやり取りだったそうだ。

「免許を取り上げるって、それはどういうことだい？　こっちはあんたが生まれる前から車に乗っているんだぞ」

「はい。存じております。免許証に九十一歳とあります」

「それが、なんだっていうんだ?」

「それが、です。信号をちゃんと見ておられないんじゃないか、と。メインストリートを赤信号で左折された。さらに三ブロック走って、まだ同じことをされた!」

「なんだよ! そんなの大したことじゃないよ。大体、信号灯の色が薄いんだ。太陽でも当たろうものなら、ピンクなのか、紫色なのか、えんどう豆の色なのか、見分けがつかないじゃないか……。州知事に手紙を書くから、いずれそっちに何か言ってくるだろう。知事なら、そんな屁のような法律違反で運転免許証を取り上げるなんて、認めないだろう。あっ、卑猥(ひわい)な言葉を使って、これは失礼しました。なんだ、お巡りさんかと思ったら、イーゼル、お前かよ」

ヘクターはそれ以来、大声で喋ったり、ぶつぶつ小声で文句を言っているそうだ。こんなに気が動転したのは、ジョージ・ブッシュが、ハリネズミのような髪型をしていて、ズボンをはいた女房のいるアーカンソーの新人候補に、大統領選挙で負けて以来だと語ったらしい。

長年、法令違反もなく座っていた自動車の運転席にもう座れなくなるというのは、たしかに大きなショックだ。特に男性にとってはそうだろうと思うわ。〈男らしさ〉の一部を失うのですから。

自動車の運転をやめるのに、自分で一定の年齢を設定しておくのもいいだろうな。八十五歳がいいかな。そうすれば事前に判断できるし、戸惑うこともない。醜い写真の載った大事な小さい免許証を、無理やり、それも予想もしないときに、財布から抜き取られるよりも、このほうがはるかにいいわ。

ニックネームが話題になったので、私は同じ町に住んでいる、ちょっと変わったニックネームの女性を紹介した。ニックネームは〈デキッター〉か〈デキター〉という発音だった。

その人の友人に、彼女のニックネームの由来と、実際にはどういう発音だったのか、それを尋ねてみた。

そうしたら、〈デキッター〉と呼ばれていたそうだ。「彼女はトランプのブリッジに目がなくてね。上手だし、よく知っていたの。口癖はね。〈ハートの三をビッドすることがデキッター〉のにとか、〈スペードを出すことがデキター〉のにだった。この口癖が彼女のニックネームになったというわけよ」

南部人はあだ名を付けるのが好きだ。

十二月一日

フェア・エーカーズに入所したとき、私はノートとスクラップブックを詰め込んだ箱を一つ持ってきた。私の一生をキャンベル印のスープの空き箱に凝縮して、ベッドの下にしまっておくことができる。

〈クリスマス間近で、みんなの関心を集めやすいだろうという願いから〉十二月十五日に予定されている〈思い出の夕べ〉のために、古いノートを読み返してみた。変な文章もあって、本当に自分が書いたのかと思うこともある。でも、自分の手書きであることは間違いがない……。

一九六〇年代の初めごろの夏、夫のサムと中西部に出掛けた際のメモがあった。夫は仕事の関係でのことだったのだが、子どもたちがサマースクールかキャンプで、ちょうど家にいなかったので、見たことがない地域への旅行は、私も大歓迎だった。そのメモがこれだ。

ケンタッキーとインディアナでは、奇麗な風景を損ねるような道路標識はほとんど見られない。ときたま農家の納屋の壁に書いてあるのは〈チューメイル社の噛みたばこ〉の宣伝だ。ノース・カロライナの西部で見るような〈ベーキングパウダー〉や〈嗅ぎたばこ〉の派手な宣伝は、一切見られない。

ラジオを聴いていたら、オハイオの放送局で、鼻声で、いつ終わるともなく続く、いわゆる宗教歌を耳にした。途中でアナウンサーが、「さあ、今度はシェイ歌〈聖歌隊〉の歌を聞きましょう」と言った。さらに精霊祭が近づいてきたことを伝え、そのあと男性歌手が、『約束の地』を歌った。その一節には腹を抱えて笑った。〈あっちへ行ったら、母親と握手をする〉だって。

午後、トウモロコシ畑が広がる中を走った。〈トウモロコシは、『象の目の高さほどに』伸びて（※一九九五年の歌劇『オクラホマ』から）〉、どこまでも、どこまでも畑が続き、どの茎にも大きな実が付いていた。こんなにたくさんあるのに、どうして世界で飢餓が無くならないのだろうか。ポスト・トースティーズ（※商品名で、コーンフレーク）はこんなに沢山あるのに。

次のようなメモも残っていて、夫と私が子どもたちの読書の宿題を手伝い、どんなに退屈していたかを思い出した。読本の言葉がまったくばかげていたのだ。〈ほら、ディックを見て。ディックが走っているのを見てごらん。ほら、スポットを見て。スポットが走っているのを見てごらん〉こんな内容だもの。

ある朝のこと、夫は二年生になっていた息子ジョンを起こしに行った。そのとき、ただ「起きなさい」とは言わないで、「走れ、ジョン。便所(ベンジョン)まで走れ、ジョン、走れ」と言っていた。

（※英語のジョン john には、〈便所〉の意味もある）

夫にはユーモアのセンスがあったので、夫婦の人生のつらさを軽減してくれた。

あるノートに、私が特に好きな言葉が書き留めてあった（間違いなく、折々にいろいろなものから集めていたものだ）。

箴言一七－一
「一切れの乾いたパンがあり、平和であるのは、
ごちそうと　争いの　絶えない　家にまさる」

「固い牛肉よりも　柔らかい仔牛の肉が　おいしい。

私は　三十歳の女は望まない」

（チョーサー『カンタベリー物語』）


このスケベイじじいめ！

「私が善人のときだけではなく、ちょっと悪人になっていても、
味方をしてくれるスコットランドの友人が好きだ」
（サー・ウォールター・スコット）

「神を信じよ。だが、火薬も濡れないようにしておくのだ」
（オリバー・クロムウエル）

「良心とは、他人に見られているのではないかという恐れだ」
（H・L・メンケン）

「備えよ　道はおのずと開く」
（ロバート・ブラウニング）

まだほかにもあった。私は言葉の脚韻が好きだから、いい見本を集めていたのだ。
（私以外に）どこかのどなたか、カーネル・ストゥープナゲル（※一九三〇～四〇年代に人気を

博した米国の芸能人〉というコメディアンをご記憶の方がおありだろうか。あのおかしな綴り方をご記憶の方が。私は彼の綴りのもじりが大好きで、自分でも彼の真似をしたことがありました。もう、大昔のことですがね（※訳者からのお断り⇩ストゥープナゲル式の英語綴りの部分は省略。関心のある方は原文で！）。

十二月五日

昨日、ミス・ミーニャの部屋を訪問して、ピアノ曲を二つ選ぶ相談をした。先週、デトウイラー氏を説得して、小型のアップライトピアノをロビーから運び出して、広いパーラーに置いてあるスタインウエイピアノのそばに運んでもらうことになっていた。そうすれば、もともと二台のピアノでの連弾用に編曲された曲を、彼女と二人で弾いて〈楽しめる〉からだ。幸いなことに、今、その二台のピアノの調律は終わっている。

ミス・ミーニャがクローゼットの棚においてある音楽会社のカタログを取りに行った。私は何気なく、椅子のそばのテーブルに乗っていた革表紙の詩集を手に取った。それには小さな厚手の絹の栞（しおり）がはさんであったので、私はそれに興味をそそられた。

栞（しおり）がはさんであった詩集のページを開いてみると、そこに載っていたのは、エドガー・

リー・マスターズ（※米国の弁護士、詩人、作家）の詩『アン・ラトレッジ』だった。それを読んでいると、「嫌だ、読まないで」と言うミス・ミーニャの声が聞こえた。

彼女の悲しそうな声に驚いて見上げると、彼女の顔も悲しそうだった。私から本を受け取ると、栞（しおり）を丁寧にはさみ直し、元のテーブルに戻した。私は驚いて、何も言えなかった。彼女はぶつぶつと弁解して、二人で連弾用の曲の選定に戻った。でも、私はどうしても彼女の鋭い反応が気になった。

詩集には所有者以外、だれも手を触れてはいけなかったのだ。栞（しおり）を外してもいけなかったのだ。きっと彼女は、あの詩集を他人には見せないようにしていたのだろう。そして、たまたま彼女が読んでいたときに、私が顔を出したのだろう。

夜、私は持っている詩集を全部調べて、エドガー・リー・マスターズの『スプーン・リバー名詩選』の中に『アン・ラトレッジ』が載っているのを見つけた。ミス・ミーニャの詩集では、この詩の中段ぐらいに三、四行、鉛筆でマークがしてあった。あのとき、私にはそれを読むだけの時間がなかったが、でも、あれはこの部分だったんだ。

私は　アン・ラトレッジ
草葉の陰で　眠っている

アブラハム・リンカーンに　愛され
合体によってではなく、
別離によって
結ばれた

私には分かった。はっきり分かった。ミス・ミーニャのただ一人の恋人だったグレンガー・ペンダービスが、あの詩集をプレゼントしたのだ。そして、あのページを白い絹の栞（しおり）でマークし、言葉にも自分の手で線を引いたのだ。

だれの目にもあの詩を見せたくなかったし、だれの手でも栞（しおり）を外させたくなかったのだ。無理からぬことだ。恋人の行動はそれほどの意味を持っていたのだ。彼女はそれを大事にしていた。彼女を責めることはできない。

今晩は人工涙液を差す必要はない。自然に自分の塩辛い涙が流れるだろう。

十二月七日

最近、人の名前が思い出せなくてとても苦労をする。ここには大勢の人が入所しているし、いろいろな名前がある。二人の人を引き合わせようとしても、分からなくなってしまうのだ。〈この人の名前を紹介しなくては〉と思った瞬間に、その名前が出てこなくなる。すると、もごもごと、口ごもるだけ……。「紹介するわ……。こちらは……。お友達の……。ええと……」

人の名前を忘れるのは、人生の悲哀を感じることの一つだ。そして、悩みは人の名前だけでなくて、ごく普通の品物、今までちゃんと知っていた物の名前が出てこなくなることだ。

先日、バンドエイドを買おうと、ドラッグストアに立ち寄った（街角の小さな店じゃなくて、大きなディスカウント店）。普通、その店では自分で品物を探すのだけど、その日、白いジャケットを着た若者が近づいてきた。おそらく、この哀れな年寄りを助けてやろうと思ったのに違いない。

「何かお探しですか？」と、店員は丁寧に尋ねてくれた。

「ああ、ありがとう。私ね……」

さて、困りました。〈バンドエイド〉という言葉が急降下して、記憶の深い穴に落ち込んでしまい、取り出せなくなったのだ。

店員はじっと私の顔を見たままなので、やむなく、私は言った。

「細長いもので……。このくらいの……」

私は指で二、三インチの長さを示した。

「それって、どんな、細長いものですか?」

「そうね……。粘着用のテープが付いてて……」

店員はその場を離れて、一巻きのガムテープを手にして戻ってきた。

私は首を振った。店員は肩をすくめた。私はもう一踏ん張りした。

「小さなブリキ缶に入っているものよ」

店員はピンと来たようだ。

「ああ! バンドエイドですね!」

私はバンドエイドを買うと、すぐに店を出た。もうあの若い店員に会いませんようにと願いながら。

最近、とみにそうなのだが、午後になると、私の貧弱な脳のニューロン細胞とシナプス細胞のつながりが悪くなる。シナプス細胞が劣化しているようだ。


ベティという四歳の女の子が、お祖母(ばあ)ちゃんの家に泊まりに行った。ベッドに入るときに、その子のお祈りの言葉が聞こえてきた。「アーメン」と言ったあとに追伸があった。「それから、神様、おじいちゃんとおばあちゃんを新しくしてください!」

間違いなく、いずれこの幼い女の子は、施設で一番の人気者になるだろう。

もう一人の女の子の話もある。この子は、かつてのアメリカ南部連合国の血を継いでいるそうだが、幼い子どもに贈り物を持ってくるというイースター・バニー（※復活祭のウサギ）に〈リー将軍〉という名前をつけたそうだ。

十二月八日

自分の日記を読み直していたのだが、ジョークと、入所者を笑いの種にした話が大半のようだ。それは、自分が笑うのが好きだし、また他人を笑わせるのが好きだからだろう。でもちょっと落ち込んでいるのは、施設で生活の現実を書いていないような気がするからだ。施設で毎日起こっている人情・世話噺よりも、〈変人〉たちと、その変人たちの愚かさの噺を書くほうがやさしい。だが、人生の現実面を省略してはいけない。ここでの生活には、勇気と無私の気持ちが必要なことを忘れてはならない。

例えば、こんなことがある。夜明けと同時に起き出して、仲間の〈収容者〉を病院に自動車で連れて行く人たちがいる。午前八時のスキャン検診とレントゲン撮影、そのほかの目的で病院まで送ってやるのだ。そして、診察が終わるまで待ってやる。こんなことをするのは八十代の人たちで、普通なら、老後をロッキングチェアに座り、「他人の悩みなんて知るかよ。こっちだって、さんざん経験したんだ」と言って過ごせる、そんな人たちだ。

診療所に入っている人たちを元気づけようとする人も多い。天気のいい日などは、陽の当たるところへ連れ出して、車椅子を押したり、散歩させている（ときにはどっちが介助しているのか、判別できないこともある）。

患者のなかには、遠方から来ていて、近くに身内がいない人もいる。だから親切な人たちが買い物をしてやったりする。ゲームをしたり、一緒に歌ったりすることもある。

こういう人たちには敬意を表したい。彼らの忍耐心と善意が私にもあればいいのだが。だから、ときどきでも、それをテーマにして書きましょうかね。ＱＥＤ証明完了。

第十三章
思い出を語る夕べ

十二月十日

シドニーのおかげで入所者全員が自分の記憶を探っている。私は昔に焦点を当てて、幼かった子どものころまで記憶をたどった。そして、とても大事なことを思い出した。でも来週の〈思い出を語る夕べ〉では、これは披露しない。それほど面白い話ではないから。ただ、この日記には書き記しておきたい。ひょっとすると、私の子どもの一人はいつか読んで、喜んでくれるかもしれないからだ。

私は子どものころ、毎年夏になると数週間をアラバマの祖父母の家で過ごしていた。都会育ちの私にとっては、そこは天国のような所だった。屋敷は小さい、眠たげな町外れにあって、三エーカーの広さがあった。馬が二頭、牛が一頭、そのほかにも鶏や豚が飼われていた。でも、一番嬉しかったのは、コーリーという黒人の男の子がいたことだった。

コーリーは十五歳なのに、もう大人並みの体格で、優しくて、肌がとても黒かった。彼は冬の間は、その日の学校が終わると、祖父母の家のいろいろな雑用をしていた。でも、暖炉にくべる薪を割ったり、運んだりすることが主な仕事だった。そして、夏になると、第一の仕事は、遊びにやってくる子どもたちに楽しい思いをさせることで、それを喜んでやっていた。

彼には、なんでもゲームに変えてしまう能力があった。空き缶と糸で〈電話〉の線を作り、二階の寝室の窓から馬車小屋をつなげた。私は窓際に座って、食料品の買い物ごっこをして遊んだ。次のような具合だ。

「いや、ミス・ハティー。あいにくだども、マッシュ・メロンはねえ～だよ。品切れになったとこでな。うめえ大角豆（ささげ）なら、あるんだども……」

コーリーは古い木箱に穴を開けて、それを郵便受けにした。叔父の机の上に乗っていた手紙を何通か盗んで（叔父はまだ独身で、盗んだものにはラブレターも入っていた）、郵便局遊びもした。もちろん、私が女の郵便局長だ。

コーリーは静かに窓のそばまでやってきて、「今日はミスター・モッキングバード宛に手紙さ、来てねえだか？」と尋ねるのだ。私はミスター・モッキングバード宛の手紙を選んだり、兄や従兄弟たちへの手紙も選んで、渡してやった。渡したのは古いカタログや香水をふりかけたラブレターなどだった。

コーリーが私たちを騒ぎに巻き込むことはまずなかったが、ある日、叔父の靴を磨いていたときのことだった。従兄弟のサッドとピーターが井戸水を汲むロープで遊んでいることに、彼は気がつかなかった。料理人がバターミルクの入ったバケツをロープに吊るして、冷やそうとしていたら、従兄弟たちがふざけて過ぎて、バケツをひっくり返してしまった。それで井戸水が汚れることに。

とばっちりでコーリーは呼びつけられて、お叱りを受けることになったのだが、私たちは井戸水を汲みだすことよりも、そのことでしょんぼりした。

ある日、兄が尋ねた。「コーリー、大きくなったら、なんになるの？」

コーリーはしばらく考えていたが、にこっと笑って言った。「嫁っこさもらって、落ち着くかな」

ある年の夏、従兄弟たちはそれぞれの家に帰っていき、当時八歳ぐらいの兄ジョンと五歳ぐらいの私の二人が、家にいるだけだった。母と祖母は、道を下ったところにある家でのお茶に招かれた。二人にはそれを受けたい気持ちはあったのだが、祖父を独りきりにしておけないという心配もあった。祖父は動脈硬化症で、それに遠回しに言えば〈もう人間らしく〉なくなっていた（軽い認知症にかかっていた）。料理人も、コーリーも、どちらも仕事が終わって、もう自分たちの家に帰っていた。

兄のジョンが言った。「おじいちゃんと一緒にいるよ、おばあちゃん。ちゃんと見ているから」こうして母と祖母はしばらくの時間、家を空けてお茶に行くことになった。

二人が出掛けてまだ数分しかたっていないのに、祖父が言った。「おい、おまえたち。ちょっと町まで出掛けてくるよ。用事があるんだ」

私たち兄妹は驚きと恐怖で目を丸くした。祖父が一人で出掛けることは許されない。これは困ったことだ。長身で、顎鬚(あごひげ)を生やし、優しい南部の紳士で、かつては連邦議会の議員を務めた立派な弁護士が、「町に行かせろ」と、二人の幼子を説得しているのだ。

祖父が、町で会いたい人のことで口をもぐもぐしている間に、兄は部屋からすーっと出ていった。「見張っているんだ。すぐ帰るから」兄は小声で私に言った。

私は祖父から目を離さなかった。祖父はネクタイを伸ばし、髪の毛をたたいていた。「さて、帽子は……」祖父は玄関の帽子掛けまでパナマ帽を取りに行ったが、帽子が見当たらない。兄が隠したのだ!

祖父は家じゅうのクローゼットを探した。

「おい、おねえちゃん。一緒に探してくれないかい?」と私に言ったのも、一度だけではなかった。

私は、いかにも帽子を探しているようなふりをしていた。兄のジョンもそうだった。兄は私にウインクして見せたが、私にもその意図が分かった。祖父は威厳上、無帽では外出したくないのだ。

今はあの帽子をどこに隠したのか思い出せないが、キッチンのストーブの後ろだっただろうか。ともかく、こうして優しい祖父を無事、家で見守っていた。そして今、私はずっと確信の持てなかったことを実感した。それは、兄のジョンはとびっきり頭が良かったのだということだった。改めて、兄を尊敬した。

十二月十二日

アメリカの女性たちをスーパーマーケットに行かせないようにするのは、おそらく無理だろう。私もここに入所したとき、もう買い物には出掛けないだろうと思っていた。ところが、気がつくと、スナックやコーラ、アイスクリームなどを買いに、スーパーの〈ピグリー・ウイッグリー〉に向かっているではないか。

なんだか楽しくて……。昔のたまり場にいるような、あるいは、ままごとをしているような、そんな気分になる。洗剤、ポテト、肉など、重い物を自分の手で運ぶ必要もないし、新聞広告やスタンプカードを手にして行くこともない。

スーパーマーケットに共通することが一つあるのに気がついた。それは、ほとんどのカートがもうガタガタになっていることだ。比較的新しい〈ピグリー・ウイッグリー〉の店でも、キーキーと音をたてたり、急に動かなくなったり、調子の悪いカートがある。いつだったか、カートで悪戦苦闘して帰った日、座り込んでしまったことがあった。そして、調子の悪くなったカートについて、こんな迷詩を作った。

強情もの

空のカートが　四列に並んでいる
　だけど　一台も引き出せない
引いて　力いっぱい引いて　蹴って　たたいて
　私って　まるで　おばかさんみたい
どれもこれも　絡(から)みあっていて
　やっとの思いで　一台引き出すと

一つの車輪は　前を向いているのに
　残りの車輪は　違った方を向いている
不規則に　ガタガタ　揺れ
キー　キー　きしむ
それが　なんとなく　憎めないのは
　老人の体のきしみと　同じだからかしら

十二月十五日

〈思い出を語る夕べ〉が催された。ダイニング・ルームに行って、参加者の多さに感激した。動ける人は全員参加していて、車椅子の人も大勢来てくれていた。華やいだ雰囲気が漂っているのは、奇麗なクリスマスのデコレーションやテーブルの飾りつけが終わっているからだった。営繕係が、こういうときのために保管してあった可動式のステージを設置してくれていた。ステージは、ハウスキーパーが緑や赤のリボンで飾ってくれていた。

チャプラン・ブリューワー牧師が開会の挨拶をして、今日の会の趣旨を再確認させ、その場にふさわしいお祈りをしてくれた。進行役も依頼されていたので、牧師は最初の回想者のマルシア・コールマンを指名した。

マルシアはこう切り出した。「私がよく覚えているのは、親戚が家にやってきて、食事の席で交わされた会話でしたね。みなさん、あれに我慢できましたか？」

たくさんの首がうなずいた。拍手も少し起こった。

「じゃあ、みなさんも覚えておいででしょう。身体をよじり、イライラし、母親に〈もう、やめさせて〉と、懇願するような視線を送っても、母親は首を振るだけだったわ。もちろん今じゃ、いろいろな話が聞けて良かったと思っていますよ。ときにはとってもいい話もあったし。私が覚えているのは、一人の伯父さんが語ってくれた話なの。

あるとき、うんと田舎の教会の信者たちが、自分たちの教会を〈船首から船尾まで〉、つまり全体を建てなおすことに、決めたんだそうです。教会の〈船尾〉などという表現は、なんとなく不謹慎だと思うんですがね。

伯父が言うには、どう改造するかについての教会の話し合いの席で、一人の女性が立ち上がって、〈大きなシャンデリアが欲しい〉という提案をしたらしいのね。すると、ジョナサン・デービスという、世捨て人のような老人が立ち上がって、〈反対だ〉と言ったというんです。

〈大きなシャンデリア（その老人は**チャンデリア**と発音したんですって）は、金がかかりすぎる。それにこの教会には、あれが**演奏**できる人間は一人もいないではないか〉、って」
これで会場は爆笑の渦に包まれ、マルシアは拍手喝采の中をステージから下りた。
次はエドウィンが思い出を語る番だった。
「これは本当にあった話なんだ。聖書を積み重ねて誓ってもいい。おおよそ二十年前、オレンジバーグに住んでいた友人の話さ。自分のことじゃないけど、披露する値打ちのある話だと思うよ。
ガイとバーサ夫妻、こう呼ばせてもらうが、この夫婦がある日の夕刻、スクリーンド・ポーチ（※四方に網戸のようなものを張ったベランダ）に出ていた。夫のガイは本を読み、妻のバーサは床に座り込んで、犬の毛繕いをしていたんだ。すると、電話のベルが鳴ったので、夫のガイは部屋に戻った。しばらくすると、ガイは何かぶつぶつ言いながら、またポーチに出てきた。夫のぶつぶつを聞いたバーサは、立ち上がると、急いで家の中に入り、服を着替えて戻ってきた。ポーチに出てきた女房にガイが言ったんだ。〈着替えをする必要なんかないだろうが！〉
すると、バーサが言ったんだ。〈だって、**副牧師**さんがわが家に寄るなんて、めったにないことよ！〉
これに、ガイは口をあんぐり、さ。〈**副牧師**が来るなんて、言ってないよ。さっきの電話は

仲介業者からだよ。俺は、**ふっかけ師**が来るって言ったんだ〉

それで、夫婦は腹を抱えて笑ったそうなんだ。いやあ、この場のみなさんにも面白かったようで。おしまい！」

次に紹介されたのはカーティスで、これは私には驚きだった。基本的にこの人はとても無口だからだ（私は盗み聞きが上手なので、ほかの人よりもよく彼を知っている）。

カーティスは、自分が母親にとって期待外れの子だったと語った。「俺は輝くところなんてなかったんだが、卒業する前にようやくチャンスが来たんだ。卒業といったって、小学校だがね。暗唱大会が予定されていて、母親は俺をそれに参加させると決めていた。それで『ケイシー 打席に立つ（※一八八八年に歌われた共和国の詩）』を俺に暗唱させた。みなさん、覚えておいでかな？」〈知っている〉とつぶやく声が、あちこちから聞こえた。

「いやあ、厳しかったなあ。裏庭に連れてって、あの詩を何度も、何度も、暗唱させるんだ。おかげであの詩は大嫌いになった。でも、なんとか母親を喜ばせたいと思うから、必死で覚えたよ。

それで、当日のことだよ。母親は三列目に座っていた。暗唱の間、俺は母親から目を離さなかったんじゃないかな。精いっぱいの努力をしたので、これまでも忘れることがなかった。聞きたいなら、今、ここで暗唱してみせたっていいよ。俺が暗記したたった一つの詩だからね」

みんなが聞きたいという意思表示をしたので、老いたカーティスは今一度、全力を尽くすことになった。集まった私たちは、すっかりその気分になっていた。まるで本当に野球場に来ているようだった。「ストライク　ワン！」とカーティスが叫ぶと、私たちはどよめきの声を立てるのだ。

カーティスはとうとう暗唱の最後まで来た。「マッドビル・ナインに喜びはありません。強打者ケイシー、三振です！」カーティスは悲しそうに首を振った。私たちは手が痛くなるくらい拍手を続けた。

カーティスは暗唱大会で優勝したそうだ。だれも不思議に思わなかった。輝いたんだ！　彼と母親が勝利したのだ。

実は事前に、この会が始まってから中ごろで、寄付金を集めることに決めてあった。高齢者のなかには疲れてしまって、自室に戻る人もいるだろうからだ。ここが丁度いいタイミングだと思えたので、施設で尊敬されているシドニーが立ち上がって、〈寄付金の受取人〉がだれなのか、簡単に説明をした。

「あのアーサー・プリーストのことについては、改めて申し上げる必要はないでしょう。あえて一言だけ言うとすれば、彼はこの部屋にお集まりのみなさん全員のために、何かを吊るしたり、何かを奇麗にしてくれたりしました。それも、嫌な顔もせず、丁寧に。彼はとても立派な青年であり、素晴らしい家族を持っていますが、援助を必要としています。みなさん、広い心でご協力をお願いします」

ここで、ダイニング・ルームに運び込んであった小型のアップライトピアノで、ミス・ミーニャが、献金を受けている間のための曲を演奏した。ショパンのワルツ『嬰ハ短調』の演奏中、ルシアスとシドニーが献金皿を持って歩いた。献金のお札がたくさんになってきたので、私はクリスティンとローリーに目を遣（や）った。二人は私を見てにっこりし、私も笑顔を返した。三人が何を考えているのか、私には分かっていた。「これだけあればリビングのソファーと……。ダイニング・ルームのテーブルと……」

今度は、ビル・ニクソンが思い出を語る番だった。

「これは、ほんの小さな思い出だ。ＶＭＩに入った一年目、そう、知らない人のために言っておくと、ＶＭＩは、ヴァージニア・ミリタリー・インスティチュートという〈軍人養成大学〉なんだ。ここの同期の悪友が、〈軍隊の訓練には、靴を履いていないと参加できない〉ということで、五ドル賭けないかと挑発してきた。俺はそれに乗ることにした。そいつには五ドルは工面できないだろうと踏んでね。ところがそいつは、仲間から二十五セントや五十セント硬貨をかき集めて工面し、賭けは成立さ。

俺は足全体を靴墨で真っ黒に塗る羽目になった。爪先から踵まで、ね。足の指は五本ぴったりくっつけとかなきゃならないし、地べたにもぴたっとくっつけなきゃならない。だから、びくびくしてたよ。軍人養成大学の訓練所ってところは、そりゃ大変なんだ。ストーンウォール・ジャクソンが教官をしていた所だし、ジョージ・キャトレット・マーシャル元帥が……」

「知ってるよ。前にも聞いたよ！」と、言ったのはポール・チャピンだった。

「そうか……。それで、だ。訓練の最中に見てみたら、足の裏に塗ってあった靴墨が消えてるんだよ。赤ん坊の足みたいに真っ白になってる。ところが、どういうわけだか、上官は俺の足元なんか見やしねえ。その日は、よ。それで俺は裸足(はだし)を見つからずにすんで、賭けは頂きさ。一九三五年の五ドルは大金だったよ！」

ビルはいい男だ。奥さんも素敵。だから、みんな彼の小さな思い出に拍手を送った。

次の発表者が紹介されて、オーガスタ・バートンが登壇した。私は少なからず不安な気持ちだった。彼女の趣味は、必ずしも褒められたものではないからだ。

「私の町のある女性が、お抱えの料理人に言ったそうなの。今度のディナー・パーティの料理は、とりわけおいしくしてちょうだい、と。料理人はこれを了承したのね。招待客は食事を堪能し、特にジューシーなアップルパイはベタ褒めされた。なぜかって、パイのクラストに変わった模様が、そう、小さなカット模様のデコレーションがしてあったそうなの。それでお客の一人が作り方を知りたくなった。

そこで料理人が呼ばれ、謙遜しながらレシピを披露したのよね。〈そうだね、リンゴさ、刻んで、レーズンやナッツを混ぜ、そいで、ブラウンシュガーとバターを底に敷くのさ。次に、クラストで蓋をする。そのあと、上の義歯(いれば)を外して、クラスト全体にちっこい模様を作り……〉」

「ガスタ、もうやめなさいよ!」と、大声が飛んだ。会場に来ていた女性の一人からだったが、この一声でオーガスタの話は急停止。それでも男性たちには、胸が悪くなるようなこの話が面白かったようだった。

集まっていた人たちの反応を楽しんだガスタが自分の席に戻る間、会場はちょっと混乱していた。その混乱の中でだれかが叫んだ。「ハティー・マックネア! あんたの出番だよ!」私はぜったい表には出ないつもりでいたけど、合唱が起こったので、やむなく立ち上がった。

私は、ここは一つ感動的な思い出を語ろうと決めた。シドニーのもともとの提案は、〈面白くて、感動的な思い出〉だったことを思い出したのだ。そこで、アラバマ時代の思い出で、祖父のあの帽子の話をすることにした。みんな喜んでくれたみたいだった。だって、集まった人たちにみんなにも、男兄弟がいて、祖父もいたのだから。

私に続いてコーラが登壇した。

「小さな田舎にあった高等学校にイルマという女学生がいたの。私はそんなに親しくなかったわ。ある日、私は友だちのヘレンと学校の裏の草地を散歩していた。二人の話題は学校のこと、男の子たちのこと、教会のこと、そしてまた男の子たちのこと、家族のこと、またまた男の子たちのことね。そんな話をして歩いていると、イルマとばったり鉢合わせ。彼女は牛を引いて、家に帰るところだった。

彼女は、私たちを横柄だと思っていたんじゃないかな。だから、乳牛の世話をしているところを見られて、嫌だったんじゃないかな。それはともかく、イルマは手を伸ばすと、牛にくくり付けてあった道具を外して、私たちの足先から頭のてっぺんまでミルクをふりかけたの。私は大のミルク嫌いだったのよ。飲むのも、かけられるのも、ね！」

みんなコーラの面白い話に拍手を送った。私は心の中で願っていた。〈**神様、どうかここで笑いが絶えませんように。今は笑いが必要なんです**〉

次にルシアスが階段を上って、ステージに姿を現した。少し首を振っている。

「いやあ、思い出すよ。初めて口笛が吹けるようになったときのことさ。何日も何日も唇をすぼめて、必死に音を出そうとしていてさ。もうしまいには、口が痛くなってしまった。俺は六歳で、兄貴が八歳。兄貴は口笛が上手だった。でも、俺はただフーフーいうだけで、音が出ないんだ。

それが、突然に、だよ。学校に歩いていく途中に、だよ。音が出たんだ。ちゃんとした音がさ。それから二日ぐらいは、一つか二つの音しか出せなかったが、やがて一人前さ。嬉しかったね」

「もっと面白い話があるよ、ルシアス！」と声をかけたのは、席に座っていたポール・チャパンだった。彼も舞台に上がった。

「五歳ぐらいのころかな、鳴らすのを覚えたのは。ほら、親指と中指をこう、こすり合わせて、音を出すんだよ。ほら、こんな具合にさ」ポールは音を出して見せた。「おれは思ったさ。こんないい音は、ほかにないいんじゃないかって。だから、何日もパチン、パチンとやっていた。ところが、これが左手じゃ、だめなんだな。今でも、左手ではできないがね」彼は左手でやって見せた。それで拍手喝采。みんな同じ経験をして、嬉しかったときのことも、がっかりしたときのことも、思い出したからだ。

ポールはこれで席に戻ったが、ルシアスはそのまま残っていた。

「さっきの口笛の話は本当のことさ。だが、ここからは嘘の話だ。

ある日、チャールストン・クーパー・ブリッジを車で渡ろうとしていたら、橋の一番高いところに男が立っていて、今にも飛び降りそうな気配だった。

〈やめろ！〉と、俺は車から飛び出て、叫んだ。

〈どうして？　生きる目的もないのに〉これが男の返事だ。

〈親のことを考えろ〉

〈無駄だ。もう死んでいないよ！〉

〈じゃ、奥さんと子どものことを考えろ〉

〈俺はチョンガーだ！〉

こうなったら、こっちも必死さ。あれやこれや考えて口から出たのが、これだ。

〈リー将軍のことを考えろ！〉

それで、その男がなんと言ったと思う？

〈リー将軍て、だれ？〉だよ。

もう腹が立って、俺は言ってやったさ。〈飛び降りろ。バカな北部野郎〉って。おれは車に戻ると、もう振り向きもしなかったよ」

ルシアスのこの話も受けた。次はローズ・ヒッビーンの番だった。彼女はいかにも女性らしい優しい声の持ち主で、もっとマイクに近づくようにと促(うなが)される始末だった（もちろん、私たちは耳が遠いわけではない）。

ローズの話はこうだった。「いつだったか、この施設に入所している女の人に、〈今日はいかがですか〉って尋ねたら、彼女、〈よくないの。疲れがひどくて、まるで夜通し二等列車に乗っていたような気分！〉って言ったの。

それで昔、二等列車で旅行をしたときのことを思い出したわ。石炭のススが、目にも、耳にも、髪の毛にも、入り込む。古い布張りの座席は汚れていて、眠れそうだと思ったそのときに、汽車がガタンと揺れて、またダメ。赤ん坊はギャーギャー泣く。幼い子どもがぐずる。覚えていますかね？」

うなずく姿が多く見られた。私自身もあのころに引き戻された。ローズの話は続いた。

「でも、いい思い出もなくはないわ。一つは……。あれ、なんて言ったかしら？　売り子？　品物を持って車内をまわる人。ガラス製の玩具の電話と、それからランタンを売ってたわ」

集まっていた人たちの中から声が飛んだ。「ちいさい飴玉が入ってるやつだ！」

「そう、私、あれが大好きだったの。もう一つ楽しかったのは、ランチタイムね。母親が一週間分くらいの食べ物を作ってくれて。そんなに遠くないハムレットの町に行くだけだったのに、よ。

まだ列車が駅を出るか出ないかだというのに、私たちは母親に〈靴箱を開けて〉とせがんだ。ゆで玉子、紙のパックに入れた塩、ハムサンドイッチ。それから、フライドチキンね。今とは作り方が違うけど、それも詰めてあった。今でも味を思い出すわ……。ピクルス……。ホームメイドのピクルス……。ティーケーキ。

欠かさなかったのは、車両の後部についている冷水器を見に行くこと。何回も、数えきれないくらい見に行ったわ。手洗い室だって、興味津々だった……。あんなに小さい部屋がね。あっ、そうだ！　シーボード鉄道に乗って、ノース・カロライナからチャールストンに帰ってくるときの出来事で、こんなことがあったわ。六歳くらいの女の子が手洗い室に入っていったの。しばらくしたら、中からドアをドンドンとたたく音がする。何かの拍子でドアが開かなくなったのね。

当然ながら、女の子はパニック状態。小さい部屋ですからね。それからが大騒ぎ。母親が助けに行ったけど、ドアは動きもしない。車掌もお手上げ、車掌の助手でもダメ。それで、車掌が母親に約束した。〈ディリオン駅に着いたら、なんとか外に出しますから。あそこは道具もそろっていますから〉、と。

ディリオン駅に着くまで、女の子は泣きどおしの、叫びどおし。〈ママ、ここから、本当に出られるの？〉そのうち、すすり泣きだして、私たちまでうろたえ、無力感を覚えたわ。

もちろんですが、駅に着くと、疲れ切っていた女の子を助け出しましたよ。ドアを外してね。私は閉所恐怖症になりそうな境遇になると、あのときの女の子をよく思い出したわ。はたして自分は出られるだろうかと思ってね」

みんな子どものころの二等列車の旅を思い出して、懐かしがり、その女の子への同情しきりだった。ローズも大喝采を受けた。

いよいよ最後の発表者の登場だ。カール・ロイスターという物静かな男性（男性の発表者が多くてよかった）。

「一九八〇年に引退したんだが、それから、写真をやろうと思って、はまってしまったんだ。写真を写すだけじゃなくて、プリントも自分でやったんだよ。家族で撮った古い写真も何枚か修復して、元どおりに奇麗にした。そのうち、古い色褪せた写真を元に戻してほしいと、お金を払う人も出てきた。

ある日、遠い田舎の町から一人の男がやってきて、こう言った。

〈ロイスターさん、だんなは古い写真の処理がうめえそうですな。一枚、祖父さんの写真を持っているだども、あっしは祖父さんが大好きで、その写真が古びていくのが、なんともつらいんです。なんとかなりますかいな？〉

〈そうですね。これはかなり傷んでいますね。でも、やってみましょう。おじいさんが被っているこの帽子、少々くたびれていますね〉

〈そうなんで。その帽子は取れませんでやんすか？〉

〈やってみましょう。エアブラシで処理しなきゃいけませんがね。ところで、おじいさんの髪の毛は明るい色でしたか、それとも黒っぽい色？〉

その男、しばらく考えていたが、こう言ったんだよ。

〈だめだ！　思い出せねえ。でも、心配はいらねえ。帽子を取れば、髪の色がどうだか分かる……〉」

これもみんなで大笑い。カール・ロイスターにこんなユーモアのセンスがあったなんて、みんなも知らなかった。


会の締めくくりに、厨房から茶菓子類が出された。多くの人が言っていたのは、〈こんな楽しいことは久しくなかった〉ということだった。ホールが片づけられると、委員会のメンバーだけが残って、いよいよ〈寄付金〉を数える楽しみになった。


クリスティンとローリーが紙幣を手に取り、バスケットの中にパラパラと落とした。クリスティンが言った。

「お金だわ！　私、お金は大好きよ！　お札って奇麗じゃない。一ドル札は擦り切れているけど、十ドル札はピンピンだわよ！」

ありがたいことに、一ドル札よりも十ドル札のほうが多くて、さらに十ドル札よりも二十ドル札のほうが多かった。心優しい人たちよ。主のお恵みを！

集計が終わると、嬉しくてたまらなかった。私は笑みを浮かべて言った。

「今日、集まったお金と、サラ・ムーアが遺言で基金に残してくれたお金で、新しい冷蔵庫を買ってあげられるわ。それに今、使っているガスレンジも時代物よね。明日、家庭用器具店に行って……」

ここでルシアスが口をはさんだ。「ちょっと待ちなよ、ハティー。これからあんたのことを〈ミセス機関車〉って呼んじゃうぜ。まるで自分のお金のような言い方だが、あの若夫婦の意見も聞いてみたら、どうなんだい？」

完全に一本取られました。私は謝った……。こんなあだ名を聞いたら、夫のサムは笑ったことだろう。〈ミセス機関車〉だって？ 私って、そんなに勝手なのかな。**気をつけるんだよ、おまえさん！**

集まったお金は全部、土曜日の午後、アーサーとドリー夫妻に届ける予定になった。ああ、待ち遠しいこと！

第十四章

歓　迎

三月二十九日

親愛なるレッタへ

随分ご無沙汰しました。日記を書くのも久しぶりです。前回こちらへ見えたときにお話ししたと思いますが、右手にひどい腱炎が起こってしまったの。関節炎による合併症です。なかなか良くならないので、手のお医者さん（そうなの。チャールストンの整形外科医で、今は手だけ診察する先生）の手術を受けることになって、今はコルチゾン治療をしているのよ。

おかげさまで、徐々に回復しているようですけど、まだ左手はまったく使えない状態。結べない、持ち上げられない、ボタンもちゃんとかけられないとなると、引っぱたいてやりたいくらい。自分が両手利きではないことは間違いないわ。でも、片手だけでも使えないのかしらね。

それはともかく、こうしてまたタイプが打てるようになったわ。ゆっくりですけどね。そして、五月一日に、あなたをこの施設に迎えられるのは嬉しいって、伝えることができる。決断するのに影響を与えたくなかったんですけど、あなたが〈フェア・エーカーズ〉を選んでくれて、喜んでいる。私、確信していることがあるわ。それはあなたがここの良い所と悪い所を、ちゃんと理解してくれているだろうということ。その上での決断だと思うわ。

手紙をもらって、あなたの不安が感じ取れる。当たり前のことよね。今、自分の家でだれにも影響されない生活を送っているのに、それをあきらめるのは難しいことよ。私が入所したときも、一人だけの生活がどんな意味を持っていたのかを痛感したわ……。でも、自立を選ぶか、身の安全を選ぶか、どちらかなのね。生活圏が安全でないとなったら、特に独り暮らしの女性に安全でないとなったら、自立はあきらめて、安全を選ぶことね。

人付き合いも判断材料の一つだわね。以前、自分の家にいたときは、孤独だった。施設では、数多くの死に直面するけれども、そのうちどう対処したらいいか分かってくる。それに、いい人もいるから、一緒に笑ったり、共感できる人も出てくる。トランプをしたり、昔の映画を観たり。

本当にもうすぐここに来るのね。それって、とっても重要なポイントよ。だって、八十代後半になってから来た人を知っているけど、慣れるのが大変だった。結局、慣れることができなかった人もいたわ。

とっておきのニュースは、これ。ドリー・プリーストが二月二日にかわいい赤ちゃんを産んだの。前に会ったときに少しお話ししたから、その赤ちゃんのファーストネームが〈ルイーザ〉になったと知ったら、喜んでくれるわよね。友人のルイーザ、愛称ローリーなんか、赤ちゃんが自分と同じ名前なので、ことのほか嬉しそうだわ。満面の笑みで、洗礼式で着るドレスの刺繍までしてやった。

赤ちゃんは、来週の日曜日に施設の礼拝堂で洗礼を受ける予定。私たちはこの一家を実質的に養子に迎えているようなものだから、大勢の人が出席してくれるでしょうよ。チャプラン・ブリューワー牧師は、洗礼式のやり方をおさらいしているそうよ。だって、施設では洗礼式は必要ありませんからね。

これを最初に知らせるべきだったわ。一月のいつだったか、ローリーがダイニング・ルームに入ってきたの。アーサーの手を取り、小さな紙切れを見せながら、ね。アーサーの運転免許証だったの！　みんな起立して、拍手を送った。アーサーがローリーをハグして、とても感動的だったわ。

昨日のニュースは、アーサーの給料が随分と上がったってこと。一つの理由は、これからは施設の自動車を運転できることね。だから、アーサーは当分この施設で働いてもらえるわ。

アーサーを援助する次の目標は、中古車を買ってあげること。だから急いでこっちへ来てちょうだい！　お金獲得作戦のアイデアを貸してほしいから。
もうすぐ会えるわね。

年老いた旧友のハティー

追伸

明日、この日記をひとまとめにして、そう、できの悪いところも、ミスタイプも、何もかも一緒に、アトランタの出版社宛に送る予定になっています。タイトルは『終(つい)の棲家(すみか)』か、あるいは『かわいそうなおばあさん』かな。私は出版社にまったく知られていないし、交渉を代行してくれる人もいないから、すぐに送り返されてくるでしょうよ（だから、返送用の切手を貼って送るの）。

でも、分からないわよ。奇跡って、起こりえるんですからね。一緒に祈ってちょうだい。

H

八五歳で文壇デビュー

――作者紹介――

エフィー・リーランド・ワィルダー（Effie Leland Wilder）は、一九〇九年八月二八日、米国ノース・カロライナ州のロッキンガム（Rockingham）に生まれた。一九三〇年、コンバース大学（Converse College）を卒業（専攻は英語）。一九四〇年、結婚を機にサウス・カロライナ州のサマービル（Summerville）に転居。さまざまな社会活動に積極的に参加。長老派教会の歴史担当者として三一年間活躍。サマービルには通算六〇年以上の間、居住したが、約一五年間は高齢者用の入所施設で生活。優れた社会貢献・活動により、さまざまな賞を受賞。二〇〇七年七月一九日、老衰のため九七歳で死去。歌劇『ポギーとベス』（*Porgy and Bess*）の原作者、エドワード・デュボーズ・ヘイワード（Edwin DuBose Heyward）の秘書を務めたことがあるという。

本書（原題 *Out to Pasture: but not over the hill*）は、一九九五年、作者が八五歳のときに発行された。発行時、高齢での作品ということで、大きな注目を集めた。読者の評価は高く、今でも広く読まれているという。〈短編小説〉と類別されているが、全編が日記形式で、アメリカの架空の町にある高齢者用の入所施設〈フェアエイカーズ（FairAcres）〉での人間関係・出来事が題材になっている。

原題を日本語に訳せば、『牧草地に出よう。でも、あの丘まで』となる。ところで、英語の'put (someone) out to pasture'には、「(人を) 牧草地に放つ」という意味の裏に、「引退させる」のニュアンスが含まれている。含蓄のあるタイトルである。

ワィルダーは短編小説五作を残していて、本作品が一作目である。残りの四作は以下のとおりで、ほかに寄稿文等もあるようだ。

Over What Hill?（1996）
Older But Wilder（1998）
One More Time…Just for the Fun of It!（1999）
Oh, My Goodness: More Surprises from FairAcres（2001）

訳者あとがき

原作との出会いはバンクーバーの書店であった。著者の経歴と作品の出版にいたる過程の珍しさから購入したが、翻訳の対象にはしていなかった。しかし、最近、読み直して、楽しんだ。それで翻訳を思いついた次第である。

実は、訳者は二〇〇八年に行路社から、『みんな、同じ屋根の下』のタイトルで、カナダの架空の老人ホームを舞台にした作品を翻訳し、出版させていただいた。ホームに入所しているさまざまな人物が実に個性豊かに描かれている。その点では、ワイルダーの本作品に登場する人物のユニークさも、それらと共通するものがある。それはともかく、ワイルダーのユーモアをどの程度、日本語に置き換えられたのか、楽しんでいただければ幸いである。

ところで、前著（行路社刊）の「訳者あとがき」で、私は次のように書いている。それをそっくりそのまま、ここに流用することをお許し願いたい。ただし、「カナダ」を「アメリカ」と読み替えていただきたい。

今や日本は世界有数の長寿国になった。男女とも、世界で一位、二位を争うような長寿を誇る。これは、間違いなく、めでたいことである。だがこれは一方、医療費や社会保障費などの国庫支出の増加に直結する。つまり、長寿と高齢化は、国の財政を脅かす大問題である。さらに、急速に、しかも予想を超えた低比率で推移している出生率と相俟って、労働力の減少や税収の減少など、我が国の存続そのものを脅かす要因となっている。日本の政治も、経済も、教育も、少子・高齢化という二つの大きな波から逃れられない。

そんな大きな問題があることを十分に承知していても、我々の最後の関心は、人生の最期である。どこで、どんな最期を迎えるかである。カナダの架空の老人ホームを舞台にしたこの作品は、初版が発行されてからすでに一昔以上も経過しているのに、いまだに版を重ねている。多分、その最大の理由は、「人生の最期」という内容の普遍性と今日性からだろう。この「架空の物語」を読んで、「現実の生き方」を考え直したいものだ。

本書の出版に当たり、お世話になった文理閣の代表　黒川美富子氏と、丁寧な助言をいただいた編集長の山下信氏に心からの感謝をささげる。

二〇二四年五月

堀川徹志

訳者紹介

堀川徹志（ほりかわ　てつし）

京都外国語大学大学院外国語学研究科修士課程修了
米国州立サンフランシスコ大学大学院留学
米国セントラル・ワシントン大学客員研究員
京都外国語大学名誉教授
京都外国語大学在職中は「英語圏文学」「言語教育と翻訳」などの科目を担当。
翻訳書に以下のものがある。
『小さな家々の村 ― カナダ北の大地の思い出 ―』（彩流社）、
『みんな、同じ屋根の下 ― サンセット老人ホームの愉快な仲間たち ―』（行路社）
『女仕立屋の物語 ― カナダ　ケープ・ブレントン島　珠玉短編集 ―』（文理閣）
上記３点は、いずれもカナダの文学作品である。

小説　まだ、牧場（まきば）はみどり

2024 年 12 月 10 日　第 1 刷発行

著　者　　エフィー・L・ワイルダー

訳　者　　堀川徹志

発行者　　黒川美富子

発行所　　図書出版　文理閣
京都市下京区七条河原町西南角　〒 600-8146
TEL（075）351-7553　FAX（075）351-7560
http://www.bunrikaku.com

印刷所　　モリモト印刷株式会社

ISBN978-4-89259-959-0